Collection
JEUNESSE/ROMANS
dirigée par
Raymond Plante

Viviane Julien

Le Jeune Magicien

Roman
tiré du film Le Jeune Magicien
écrit et réalisé par Waldemar Dziki

Photos: Krzysztof Wellman

Données de catalogage avant publication (Canada)

Julien, Viviane

Le Jeune Magicien

(Collection Jeunesse/romans)

2-89037-322-3

I. Titre. II. Collection.

PS8569.U44J48 1987 jC843'.54 C87-096129-2
PS9569.U44J48 1987
PQ3919.2.J84J48 1987

Dépôt Légal:
1er Trimestre 1987
Bibliothèque nationale du Québec
ISBN 2-89037-322-3

DANS LA MÊME COLLECTION

Roger Cantin et Danyèle Patenaude
La Guerre des tuques
Céline Cyr
Les Prisonniers de M. Alphonse
Denis Desjardins
Des bleus et des bosses
Normand Desjardins
Cher monsieur l'aviateur
Christiane Duchesne
Gaspard ou le chemin des montagnes
Gilles Gagnon
L'Armée du sommeil
Pierre Guénette
Pas d'hiver! Quelle misère!
Pierre Moessinger
Trois allers deux retours
Jacques Pasquet
Mystère et boule de gomme
Méli-Mélo
Pierre Pigeon
L'Ordinateur égaré
Le Grand Ténébreux

Raymond Plante
La Machine à beauté
Le Record de Philibert Dupont
Minibus
Bernadette Renaud
Bach et Bottine
Mordecai Richler
Jacob Deux-Deux et le dinosaure
Ken Roberts
Les Idées folles
Michael Rubbo
Opération beurre de pinottes
Bernard Tanguay
La Petite Menteuse et le Ciel
Le 25e Fils

Chapitre 1

Les premiers rayons du soleil viennent à peine de frapper la fenêtre de Pierre. Pourtant, il ne dort plus depuis longtemps. Est-ce qu'un garçon de 12 ans peut dormir à l'aube d'une journée aussi importante? Toute la nuit, Pierre a réussi des arrêts spectaculaires. Il se sent même un peu essoufflé!

Il se tire lentement du lit... trop tôt pour le petit déjeuner... et se met à faire des exercices de réchauffement. Soudain, ses yeux s'arrêtent sur l'immense affiche de Guy Lafleur piquée sur le mur au-dessus de son lit. Aussitôt, il se met en position: jambes écartées, légèrement accroupi, les bras repliés devant lui, bien à l'affût de tous les mouvements des joueurs. Et vlan! Un autre arrêt spectaculaire! Pierre adresse un large sourire à l'image de Guy Lafleur.

— Eh! c'est pas formidable, ça?

Vous avez deviné que Pierre est un fervent du hockey, même s'il n'est que le deuxième gardien de but de son équipe à l'école. Et, en fin d'après-midi, ce sera la grande partie quart de finale. Son camarade Marc, l'instructeur «sait tout» de son équipe, lui a promis qu'il ne resterait pas sur le banc pendant toute la partie.

— Attendez que je vous montre de quoi je suis capable, murmure Pierre entre ses dents.

Il s'habille, avale son bol de céréales en vitesse et file à l'école.

Ouf! quelle interminable journée! Pierre embrouille les mathématiques avec les lancers, arrête l'échappée d'un joueur adverse au beau milieu d'une leçon d'histoire, et son équipe marque le but gagnant sur sa carte géographique!

Pierre est un garçon plutôt tranquille. Parfois, ses copains le trouvent même trop tranquille. Mais, aujourd'hui, il va leur montrer ce qu'il sait faire. C'est lui qui va être le héros de la partie.

Hélas! les choses ne vont pas toujours comme on veut dans la vie. La partie a pourtant bien commencé pour lui. Gros-Gras, le gardien de but officiel de l'équipe, a déjà laissé marquer trois buts. Marc va sûrement l'appeler à la rescousse, et alors attention! Mais les minutes passent, et Gros-Gras se réveille, si bien qu'à la fin de la deuxième période, son équipe ne perd plus que par 4 à 5.

Margot, la plus jolie fille de sa classe.

Pierre a bien vu Margot, la plus jolie fille de sa classe, qui sautille autour du banc des joueurs de son équipe. Et elle prend aussi des photos, s'il vous plaît!

Troisième période. Sûrement, Marc va l'envoyer sur la glace...

— Attention à l'ailier gauche! Vas-y, arrête-le!

Les minutes filent. Pierre décide d'agir. Il se faufile au bout du banc, à la hauteur de Marc.

— Eh! Marc! Tu m'as promis que je jouerais!

Au milieu du tintamarre, Marc lui jette un rapide coup d'œil et lui lance:

— Pas maintenant, plus tard!

Mais Pierre insiste:

— J'en ai assez de réchauffer le banc!

Sa colère commence sérieusement à monter, mais, juste au moment où il va apostropher Marc, son équipe marque un nouveau but! Marc lui lance un regard moqueur:

— T'es le gardien de réserve, non?

La cerise sur le gâteau! Réserve, oui! Pierre a plutôt l'impression de se faire mettre en conserve. Il ne sait plus s'il a envie de hurler ou de pleurer. Lentement, la tête basse, il quitte le banc des joueurs et se dirige vers le vestiaire.

— Eh! Pierre!

Pierre n'a même pas le temps de relever la tête, il est ébloui par une lumière vive. Bravo Margot, c'était bien le moment de prendre une photo!

— C'est tout ce qui me manquait, pense le pauvre Pierre en courant presque jusqu'au vestiaire.

En deux temps, trois mouvements, Pierre a changé de vêtements et quitte la patinoire.

Il fait maintenant presque noir. Son sac de hockey sur l'épaule, le garçon retourne lentement chez lui. Il ne voit rien ni personne. Même pas le groupe de manifestants qui chantent et distribuent des feuillets pour la paix. Plus il avance, plus son équipement de hockey lui semble lourd. Il n'a qu'une envie: s'en débarrasser... et tout de suite! Il s'avance même vers une poubelle au coin de la rue. Mais, soudain, la pensée de son père le ramène à l'ordre. Il vaut mieux trouver une autre façon, car Pierre est bien décidé. Le hockey est bel et bien fini pour lui!

Ah! s'il pouvait se retrouver bien tranquille, seul dans sa chambre. Mais pensez-vous! Il a à peine franchi le seuil de la maison que ses deux diablesses de sœurs lui sautent dessus.

— Dépêche-toi, Pierrot, papa et maman nous emmènent voir un spectacle de magie, lui crie Catherine en sautillant de joie.

Et comme un écho, la jumelle Sophie répète:

— Dépêche-toi, Pierrot!

Puis c'est au tour de sa mère de le houspiller:

— Mange ça, change-toi, lave tes dents, brosse tes cheveux.

Tout le monde court à droite, à gauche, si bien que Pierre a l'impression d'être encore près de la patinoire. Lui qui voulait une soirée calme pour se remettre de ses émotions!

— C'est le plus grand magicien du monde, claironne Sophie.

Les petites sœurs de Pierre ont cinq ans. L'âge parfait pour embêter un frère de 12 ans. «Répare ma poupée», «Emmène-nous au parc», «Viens jouer au ballon». Vraiment pas une minute de paix avec ces deux sorcières! Mais, ce soir, l'excitation est à son comble, les filles ne tiennent plus en place.

«Tout ça pour un spectacle de magie», pense Pierre en colère.

Mais, petit à petit, sa mauvaise humeur se dissipe. Il n'ose pas l'avouer, même à lui-même, mais, au fond, l'enthousiasme des jumelles le gagne, et la pensée de voir un magicien de près commence à le fasciner.

Chapitre 2

Il fait nuit. Comme à l'approche d'un orage, l'atmosphère est chargée d'électricité. M. Laroche a stationné la voiture, et toute la famille se dirige vers le théâtre. À deux reprises, Pierre a failli trébucher parce que les jumelles lui filent dans les jambes comme des éclairs. Non, ce n'est pas sa journée! Le théâtre est déjà bondé, mais, comme le père avait réservé d'excellents fauteuils au balcon, ils ont une vue parfaite sur la scène.

Pierre n'a qu'un souhait, qu'un seul immense désir: que le magicien fasse disparaître ses écervelées de sœurs! L'idée le fait sourire. Mais déjà les lumières s'éteignent pendant que quelques membres de l'orchestre accordent encore leurs instruments.

Le spectacle va commencer. L'orchestre commence à jouer pendant que le rideau de scène s'ouvre lentement. Pierre se cale dans son fauteuil.

À tour de rôle, les jongleurs, les acrobates, les mimes et les danseurs paraissent sur la scène. Chaque numéro est plus époustouflant que le précédent. Dès le début, Pierre a ouvert un œil. Sans trop se l'avouer, il s'est laissé envoûter, petit à petit, par la musique, les mouvements, la magie des couleurs. Il est bientôt assis droit sur son siège et il suit tous les gestes farfelus du clown qui présente chaque numéro sur des variantes de la même ritournelle.

Je saute, je danse
Je présente le spectacle
J'explose, je chante
J'anime le spectacle
Magie! Magie!
Je m'envole...

Sur ces mots, le clown coloré s'élève dans les airs, suspendu au bout d'un câble et multipliant les pirouettes. Après un bref moment de silence, l'orchestre commence à jouer, de plus en plus fort à mesure que la scène s'estompe derrière un épais écran de fumée.

Ébloui, fasciné, Pierre a les yeux rivés sur le spectacle. À ce moment, si quelqu'un s'avisait de lui demander comment s'est déroulée la partie de hockey, il le regarderait comme un homme des cavernes. Quelque chose se passe sur la scène... ou plutôt quelqu'un. Une belle jeune fille, toute vêtue de blanc, vient d'apparaître à travers l'écran de fumée. Deux hommes costauds la suivent en portant un grand coffre de bois. Quatre autres viennent ensuite, portant, cette fois, un trône sur lequel est assis le Grand Magicien.

Sur un signe du Grand Magicien, les deux hommes déposent le coffre, puis ils disparaissent. À son tour, le trône du Magicien est lentement, majestueusement déposé sur le sol. L'homme se lève et promène son regard perçant sur les spectateurs. Pierre frissonne en sentant le regard s'arrêter un instant sur lui.

Le Grand Magicien est imposant dans sa vaste mante et son turban spectaculaire. Son visage est presque invisible derrière sa grosse barbe noire, mais ses yeux!... Pierre est terriblement impressionné par les yeux d'aigle du Grand Magicien. La musique s'est tue. Seules quelques petites toux nerveuses percent le silence, et, bien sûr, Pierre est légèrement agacé par ses deux jumelles de sœurs qui se trémoussent comme des vers à chou sur leurs fauteuils.

Doucement, la musique reprend. Aussitôt, la jeune fille en blanc court vers le coffre de bois et l'ouvre. Rien! Elle referme le couvercle et s'éloigne. Pierre suit les gestes du Magicien avec la plus grande attention. Il le voit qui ferme les yeux, lève lentement les mains. Un coup de sifflet strident, et le coffre se met à tourner sur lui-même, plus vite, de plus en plus vite, puis au ralenti. Il s'immobilise sur un côté.

Le couvercle s'ouvre brusquement, et sept petits singes bondissent sur la scène! Trop surpris pour émettre le moindre son, comme tous les spectateurs, Pierre se cale dans son fauteuil.

Les singes se sont avancés au bord de la scène, puis lentement ils se couchent lorsque le Maître lève la main. Une explosion assourdissante, un éclair de fumée bleue! Les singes ont disparu pour faire place à un grand corbeau noir. Il s'envole, plane sur l'assistance, puis revient se poser sur l'épaule de son maître.

Entraîné par le mouvement général et l'enthousiasme des jumelles, Pierre se retrouve debout comme tout le monde, applaudissant à tout rompre. L'orchestre joue bruyamment. Un instant plus tard, les lumières s'éteignent, et le clown multicolore réapparaît sautillant au bout de son fil, éclairé par un faisceau lumineux. Il se met à claironner:

Tous les miracles sont possibles
Nous avons besoin d'une fille
Tous les mystères sont bons
Ce sera peut-être un garçon
Choisissez vous-même, Maître
L'aide qui saura vous plaire.

Pendant ce temps, un projecteur éclaire la foule, se promenant lentement de visage en visage. Des enfants, ici et là, des braves se lèvent, agitent les bras, tentent par tous les moyens d'attirer l'attention du Maître.

— Moi, monsieur le Magicien!

— Moi!

— Moi!

Chaque fois que le rayon lumineux s'attarde sur un visage, le clown s'écrie:

— Celui-ci? Non, celui-là peut-être...

Mais le Maître secoue la tête. Il n'a pas encore trouvé.

Pierre suit des yeux le rayon lumineux qui se promène. La réaction des enfants l'amuse. Mais, soudain, son sourire s'évanouit. Il vient d'apercevoir deux visages qu'il connaît bien dans le jet de lumière qui s'est arrêté.

— Oh non! Pas encore ces deux-là! pense Pierre, rageur.

En effet, il a reconnu Marc et Margot. Tous les mauvais souvenirs de la partie de hockey remontent à la surface. Pourquoi fallait-il qu'ils viennent en plus lui gâcher sa soirée? Mais avant même qu'il ait pu réagir, il est aveuglé par le rayon qui s'immobilise sur son visage, à lui!

— C'est bien lui, Maître? C'est celui-là que vous avez choisi? crie le clown enthousiaste.

Tous les regards se tournent vers Pierre, qui ne comprend pas encore ce qui lui arrive. Évidemment, tordues de rire, les jumelles ont déjà compris et elles poussaillent Pierre qui ne sait plus quoi faire.

— Avancez, jeune homme, avancez! Le Maître vous attend, lui crie le clown, toujours gesticulant au bout de son fil. Tout est possible à celui qui croit! Tout est possible!

Il disparaît dans les airs.

Après quelques secondes d'hésitation et un sourire encourageant de son père, Pierre se dirige lentement vers la scène. Le Magicien le prend par la main et le conduit près du coffre. Il se penche vers lui et lui murmure quelques mots à l'oreille. Silence total dans la salle.

Le Magicien recule et fait un geste solennel. La scène s'assombrit, et voilà la jeune fille en blanc qui revient. Elle s'approche du coffre, ouvre le couvercle, pénètre à l'intérieur, puis le referme sur elle.

Pierre est immobile, ému, légèrement effrayé. Son regard se promène du coffre au Magicien. Lentement, il tend les bras. Nouveau coup de sifflet! Sidéré, Pierre contemple le coffre qui s'élève. Il n'ose pas battre une paupière. Le coffre monte, monte, toujours plus haut...

Et soudain... Crac! Il retombe au sol dans un grand fracas.

Un Oh! de stupeur parcourt l'assistance!

Paralysé, Pierre contemple le coffre qui vient de voler en mille éclats. Personne! La jeune fille a disparu! Le Maître sourit. Un tintamarre d'applaudissements éclate dans la salle. Le Maître salue bien bas et tend la main à Pierre, qui se ressaisit et salue la foule lui aussi.

Venue de nulle part, la jeune fille réapparaît et entraîne Pierre en bas de la scène pendant que le Magicien entrouvre sa large cape d'où s'envolent vers la foule une multitude de ballons multicolores.

Chapitre 3

Quelques jours plus tard, Pierre n'est toujours pas sorti de son brouillard. Il pense. Il réfléchit. Il cherche.

— Oui! Ça doit être les yeux! Le pouvoir doit être dans les yeux!

Sans même s'en rendre compte, Pierre se met à fixer les objets. Il regarde, il contemple, il examine. Il étend même les mains pour s'aider. Hélas! rien ne bouge. Rien ne disparaît. Il s'essaie à prononcer des paroles bizarres.

— A-bra-ca-da-bra!

Rien!

— BRA-DA-CA-DA-BRA!

Non plus!

Mais, soudain, il vient de comprendre.

— Mais oui! Il me faut des assistants!

Et qui de mieux désigné que les jumelles? Sitôt dit, sitôt fait. Deux ou trois promesses de tablettes de chocolat, et voilà Pierre qui entraîne les fillettes dans le sombre sous-sol. Ça tombe bien, un vieux coffre de bois trône au beau milieu de la pièce. Catherine est désignée pour s'y enfermer. Le couvercle retombe sur elle. Pierre s'installe, fixe le coffre, tend les mains, prononce tous les mots bizarres qu'il peut imaginer. Il se concentre très fort.

Tap! Tap! Tap!

Pierre sursaute. Le couvercle se soulève.

— Et mon chocolat? Où il est mon chocolat?

— Malheur de malheur! Tu l'auras, ton chocolat, mais attends, il faut d'abord que tu disparaisses.

Pierre insiste, promet, cajole, menace, tente de refermer le couvercle. Catherine pleurniche.

Et Sophie, elle, tapie dans un coin de la pièce, n'a pas cessé de rigoler.

Pensez-vous que les conditions sont idéales pour un magicien en herbe?

Pauvre Pierre, il sent bien que ce n'est pas avec la collaboration des jumelles qu'il va développer ses talents de magicien. Il soupire et essaie une dernière fois.

— Tu auras de la crème glacée aussi.

— J'en veux tout de suite!

Sophie s'amène à la rescousse de sa sœur.

— Tu entends? On la veut tout de suite!

Pierre est furieux, ses yeux lancent des éclairs.

— Foutez le camp. Je peux me passer de vous deux.

Les filles comprennent qu'elles ont intérêt à déguerpir, mais pas avant d'avoir réclamé leur dû.

— Et le chocolat?

— Non!

Une plainte aiguë perce les oreilles de Pierre.

— Maman! maman!... braillent les jumelles.

Oh, oh! Pierre peut toujours s'arranger avec les filles, mais quand sa mère s'en mêle, c'est autre chose. Il sort la monnaie de sa poche.

— Tenez, voleuses!

— Merci! lancent les jumelles en se sauvant à toutes jambes.

Chapitre 4

Les jours passent, sans que la fascination de Pierre pour la magie diminue le moins du monde. Il multiplie ses recherches: librairies, bibliothèques. Il met la main sur tout ce qui parle de magie. Justement, aujourd'hui, c'est le cours de physique. Tous les élèves, sauf Pierre et Gros-Gras qui, comme d'habitude, contemple le plafond, se sont approchés du professeur qui fait la démonstration d'un intéressant principe de physique: les propriétés magnétiques d'un aimant.

— Vous voyez? L'aimant attire à lui tout ce qui contient du fer...

Pierre est beaucoup plus intéressé par le pouvoir d'attraction que la magie exerce sur lui. En fait, il est tellement occupé à lire le traité de magie qu'il a caché dans son livre de classe qu'il ne remarque même pas que le professeur s'est arrêté de parler et se dirige vers lui.

— Le cours n'intéresse pas Monsieur? On peut voir ce que tu lis?

Impuissant, Pierre se cale sur sa chaise alors que les grosses mains agiles du professeur attrapent son précieux livre. Si, au moins, il avait le pouvoir de disparaître!

— Oh, oh, les amis, écoutez-moi ça! raille la voix pointue du professeur. *Magie et parapsychologie.*

La classe ne se fait pas prier pour éclater de rire. Surtout Marc.

— Eh oui! monsieur. Il se prend pour un grand magicien!

Le professeur se met à lire un passage.

— Tiens, tiens! Écoutez ça. «Les magiciens sont capables de léviter simplement en se concentrant... ils peuvent même déplacer les objets par la seule force de leur volonté!»

Pierre est devenu rouge cerise. Surtout que la belle Margot rit presque aussi fort que Marc qui ne la lâche pas d'une semelle.

— Vraiment, Pierre, tu crois ces histoires-là? Alors, vas-y, essaie de faire tenir ton livre dans les airs!...

Ce disant, le professeur lève le livre de Pierre très haut dans les airs, au bout de son bras... et le lâche soudainement. Il arrive précisément ce qui doit arriver, bien sûr. Le livre de Pierre s'écrase sur le parquet au beau milieu d'un tonnerre de rires. Laissez-moi vous dire qu'à ce moment-là Pierre n'a qu'un seul truc de magie en tête... s'échapper, s'évanouir, s'évaporer, disparaître dans le brouillard! Bien entendu, il ne se passe strictement rien, et c'est la tête dans les nuages que Pierre entend vaguement les explications savantes du prof.

— Pourquoi le livre est-il tombé, les enfants? À cause de la gravité... d-e l-a g-r-a-v-i-t-é! La PHYSIQUE, mes enfants. Le grand Newton! Et si on démontrait à Pierre la loi de la gravité? Vas-y, Monique, lance ton cahier en l'air... Et toi Jacques... et toi...

Ouf! En moins de temps qu'il n'en faut pour crier «lapin», des dizaines d'objets volent autour du pauvre Pierre. Un véritable capharnaüm!

Complètement ahuri, Pierre entend la voix du professeur au milieu du tintamarre:

— Et voilà pour la magie! Vive Newton!

— Vive Newton! répondent les enfants en lançant de plus belle les crayons, les règles, les cahiers, les vêtements... si bien que personne, sauf Pierre, n'entend la cloche qui annonce la fin du cours. Il n'est pas le dernier à quitter les lieux!

Ce jour-là, Pierre emprunte un autre chemin pour rentrer chez lui. Il ne veut surtout pas rencontrer ses camarades de classe. Il marche lentement, perdu dans ses pensées... de magie. Il vient de transformer son professeur de physique en caillou et de le lancer si haut dans les airs qu'il s'est perdu derrière les nuages... Newton ou pas! Pierre ne s'aperçoit pas qu'une foule de reporters est groupée devant un grand immeuble de l'armée et qu'un gros colonel en uniforme est en train de se faire bombarder de questions par des journalistes. Justement, Pierre se frappe le nez contre l'un des journalistes et est bien obligé de s'arrêter.

— Colonel, quelle est la puissance de cette nouvelle arme?

— Est-ce que ce n'est pas dangereux de transporter cette matière explosive au-dessus de notre ville?

Les questions fusent et le colonel sourit, muet comme une carpe. Pierre s'éloigne en se disant que les adultes sont décidément très, très étranges avec leur physique et leurs armes de guerre. Du coin de l'œil, Pierre voit la grosse limousine noire qui démarre, emportant le colonel vers l'hélicoptère qui va transporter l'arme mystérieuse.

— Peut-être que je pourrais le faire disparaître lui aussi, se dit Pierre en souriant...

Chapitre 5

Pierre n'a pas encore posé la main sur la poignée de la porte qu'il sait que les jumelles sont déjà là. Il soupire. Il longe les murs, grimpe l'escalier quatre à quatre et va s'enfermer dans sa chambre.

Sauvé! Les jumelles ne l'ont pas vu. Il s'installe tranquillement pour lire ses livres de magie. Mais le calme ne dure pas longtemps. Il entend bientôt la porte claquer. C'est sa mère qui arrive, les bras chargés de paquets.

— Oups! dit Mme Larouche, qui vient de marcher droit sur Catherine, immobile comme une statue de bois.

— Qu'est-ce que tu fais là?

— Tu ne peux pas me parler. Tu ne vois pas que je suis invisible?

— Oh! excuse-moi, ma chérie, je suis désolée, dit sa mère en se dirigeant vers la cuisine.

— Et toi aussi, Sophie, je suppose que tu es invisible?

— Non, non. C'est seulement Catherine.

Montée sur la table, Sophie fait de grands gestes mystérieux sur la tête de Fido, le gros chien souffre-douleur des jumelles.

— Ah bon! tant mieux. Alors tu pourrais pas aller jouer ailleurs pour que je prépare le goûter?

— Mais non, j'ai pas fini de faire disparaître Fido... mais ça sera pas long, il reste seulement la queue!

Mme Laroche n'est pas étonnée. Elle connaît bien ses filles! Elle réussit tout de même à préparer le goûter, et Sophie s'installe à table, pendant que Catherine, redevenue visible, court chercher Pierre.

— Bonjour, maman, dit Pierre en attrapant une bouchée de tartine.

— Bonjour, Pierrot. Bonne journée?

Pierre s'empresse d'avaler une autre bouchée de tartine. On ne parle pas la bouche pleine, c'est impoli!

— Je vous ai préparé une surprise, dit la mère en versant un liquide bizarre dans des verres. C'est bourré de vitamines.

Le regard des jumelles s'assombrit. Très suspect, quand maman parle de vitamines! Très loin de la crème glacée...

Pierre n'a rien entendu. Sa mère vient tout juste d'ouvrir le téléviseur. On y parle justement de la fameuse arme mystérieuse. Tout le monde s'inquiète. Personne ne veut qu'on transporte cette arme terrible au-dessus de la ville. Distraitement, Pierre prend le verre de «vitamines» devant lui et l'avale d'un trait sous le regard sidéré des jumelles, qui l'observent, la bouche ouverte. Pierre fait la grimace et dépose son verre vide sur la table. Il court aussitôt au frigo pour trouver quelque chose qui ferait passer le goût des «vitamines».

Avec la vitesse de l'éclair et un sourire en coin, Sophie saisit son verre et le verse dans celui de Pierre. À son tour, Catherine verse la moitié du sien dans celui de sa sœur. Pierre voit le manège aussitôt revenu à table.

— Eh! les filles, ça va pas? Vous vous pensez fines, hein?

— Maman, Pierrot veut pas boire ses vitamines!

— Pierre, il me semble que tu pourrais donner l'exemple, non?

Le regard noir, Pierre fixe ses sœurs.

— Attendez un peu que je les fasse disparaître, vos vitamines.

Les filles s'esclaffent, pendant que Pierre se met à fixer son verre avec une extrême attention. Soudain, le verre éclate devant leurs yeux, et le contenu se répand sur la table. Ahuri, Pierre se lève d'un bond en renversant sa chaise, ce qui fait fuir le chien dans les jambes

«Maman, Pierrot a cassé son verre.»

de Mme Laroche, qui échappe son plat pendant que les rôties brûlent dans le grille-pain. Pour une fois, les filles ont le souffle coupé. Mme Laroche est furieuse.

— Maman, Pierrot a cassé son verre, lance Catherine.

— Vraiment, Pierre! T'aurais pu le dire si t'en voulais pas. C'était pas nécessaire de casser le verre.

— Mais je ne l'ai pas fait exprès!

— C'est vrai, maman, il a pas touché au verre, assure Sophie. Il l'a seulement regardé. C'est la magie!

— Oui, oui! C'est la magie, confirme Catherine. Je l'ai vu. Il a cassé le verre sans le toucher!

— Oui, bien, moi, je commence à en avoir assez de votre magie. Filez dans vos chambres! Et toi, Pierre, nettoie la table.

Le calme revient peu à peu, et les enfants se retirent dans leurs chambres pour faire leurs devoirs. Pierre est encore sous l'effet du choc. A-t-il vraiment fait éclater son verre avec la seule force de son regard? Il n'arrive pas à le croire. Et pourtant…

Ce soir-là, le souper est particulièrement calme. Catherine a bien essayé de raconter l'incident à son père à quelques reprises, mais le regard sévère de sa mère lui a cloué le bec. Tout le monde se met au lit de bonne heure. Seul Pierre ne dort pas. Il est obsédé par l'idée que, peut-être..., c'est son regard qui a fait éclater le verre. Il se tourne et se retourne dans son lit, puis, n'y tenant plus, il se lève, allume la lumière et s'assied sur le bord du lit.

Sur sa table de nuit trône un verre d'eau. Pierre lui lance un regard sournois, rapide, discret. Il hésite. Il se lève, marche de long en large dans sa chambre pendant quelques minutes, puis revient lentement vers son lit. Non, impossible! De nouveau, Pierre s'installe sur son lit, les jambes repliées sous lui, dos au mur où se trouvent deux longues tablettes remplies de jouets de toutes sortes. Il lève les yeux vers son verre et se met à le fixer, de plus en plus intensément.

Tout à coup, crac! Pierre fait un bond. Quelque chose vient de tomber sur le sol... derrière lui. Pierre se retourne et aperçoit sa vieille marionnette qui a dégringolé de sa niche et gît sur le parquet. Il se lève, la ramasse et, perplexe, la remet à sa place. Il reprend sa place sur le lit et recommence à fixer son verre. Il a à peine eu le temps de s'installer qu'une étrange activité recommence derrière lui... Un à un, ses jouets quittent leur place sur les rayons et s'envolent dans la chambre, sifflant à ses oreilles. Abasourdi, Pierre contemple le phénomène. Il est à moitié mort de peur. Soudain, les tablettes elles-mêmes s'écrasent sur le parquet avec un bruit d'enfer. Il entend des pas de course dans le couloir. Son père entre en trombe:

— Veux-tu me dire ce qui se passe ici? Penses-tu que c'est une heure pour jouer?

Pétrifié, Pierre balbutie:

— Mais j'ai touché à rien. Je te jure!

— Oui, ben... on en reparlera demain. Pour l'instant, j'apprécierais que tu nous laisses dormir.

De mauvaise humeur, son père referme la porte, et Pierre file se cacher sous ses couvertures.

Chapitre 6

Le lendemain matin, Pierre se réveille très fatigué. Il a passé une nuit mouvementée. Tout lui revient en mémoire instantanément, et il commence à se sentir plutôt effrayé. Se pourrait-il qu'il ait vraiment fait éclater le verre et fait dégringoler les jouets du mur... seulement avec son regard? Il n'ose pas en parler à ses parents ou à ses amis. Tout le monde rirait de lui! Il passe une matinée pénible à l'école et il est particulièrement heureux lorsque la sonnerie vient le délivrer. En se dirigeant vers l'autobus scolaire, il voit Marc qui, comme toujours, se faufile pour arriver le premier. Il est avec Jacques, un autre camarade de classe. Aussitôt arrivé à l'autobus, Jacques saute sur le marchepied et s'arrête un instant. Il se retourne vers ses copains:

— Eh! les amis, tout le monde est invité chez moi samedi soir. C'est mon anniversaire!

— Hourra! Hourra!

Pierre prête à peine attention à l'invitation de Jacques. Il est plus occupé à trouver deux sièges vides en espérant que Margot viendra peut-être s'asseoir près de lui. La chance lui sourit. Il s'installe sur le siège près de l'allée en gardant l'autre libre. Dès qu'il voit Margot s'approcher, il glisse discrètement vers le siège près de la fenêtre. Et son truc marche! Margot s'arrête près de lui:

— La place est libre?

— Oui, oui, s'empresse de répondre Pierre.

Elle va s'asseoir, lorsque Marc l'interpelle du fond de l'autobus.

— Eh! Margot, viens ici une minute!

Margot adresse un petit sourire à Pierre et s'éloigne vers Marc et sa bande.

Le garçon est furieux, d'autant plus que Monique, la Lulu-sait-tout de la classe, s'installe à côté de lui avec son journal.

Monique, surnommée Lulu sait-tout, s'installe à côté de lui avec son journal.

— Eh! tu as lu ça?

Elle ne donne pas une chance à Pierre de protester. Déjà, les lunettes sur le bout du nez, elle commence:

— Tout le monde parle de cette fameuse matière explosive que l'armée a mise au point. Écoute, je vais te lire l'article. C'est passionnant!

— Non, non, merci. Je le lirai moi-même.

Pierre jette un regard vers l'arrière. Il aperçoit Margot assise à côté de Marc qui essaie de passer son bras autour des épaules de la fille. Margot le repousse gentiment, mais fermement. Avec un sourire de satisfaction, Pierre se lève et se dirige vers l'arrière de l'autobus. Mais le manège de Marc continue, et Pierre, piqué par la jalousie, décide d'y mettre fin à sa façon. Il concentre tout son pouvoir sur un pneu qui, soudain, éclate, et l'autobus fait une sérieuse embardée. Le chauffeur, pour ne pas perdre le contrôle, applique brusquement les freins. À peu près tout le monde se retrouve sur le sol en criant. Inquiet, le chauffeur demande:

— Ça va? Personne n'est blessé?

Non. Tout va bien. Déjà les enfants se sont remis sur pied et commentent l'incident à qui mieux mieux.

— Bon, tout le monde descend. L'autobus est en panne, dit le chauffeur en sortant le premier.

Incrédule, il examine les dégâts.

— C'est pas possible!

Les enfants s'exclament:

— Tu vois ça, la roue est complètement tordue!

— C'est bizarre. Y a même pas de pierre sur la route!

— Comment ça a pu arriver?

Tout le monde est sidéré, sauf Pierre, bien sûr, qui cache à peine un petit sourire satisfait.

Une fois sur le trottoir, les enfants se dispersent. Margot s'éloigne avec Marc. Pierre les suit en conservant une certaine distance jusqu'à ce qu'ils pénètrent dans une arcade. Il connaît bien l'endroit et ses dizaines de machines à sous. Il y entre discrètement et observe Marc, qui essaie d'impressionner Margot. Mais il a beau tirer, pousser, frapper la machine, il perd toujours sa pièce de monnaie. Margot sourit. Enfin, au bout de quelques coups, Marc compte. Excitée, la fille, qui vient d'apercevoir Pierre, se met à crier:

— Eh! Pierre, tu as vu? Marc vient de compter 100 000!

Quelques pièces tombent dans la main de Marc. Pierre hausse les épaules et sort une pièce de sa poche. Margot s'écrie:

— Bravo, Marc! T'as brisé tous les records.

— Ouais, quels records! murmure Pierre entre ses dents en se dirigeant vers une autre machine.

Le manque d'enthousiasme de Pierre enrage Marc qui se met aussitôt à le provoquer.

— Eh! le magicien, essaie donc d'en faire autant.

Il aimerait bien impressionner Margot.

Pierre ne voudrait surtout pas lui donner l'impression que celui-ci peut le manipuler... Mais, d'un autre côté, il aimerait bien impressionner Margot à son tour. Il s'arrête devant une machine à sous, celle où, pour gagner, trois symboles identiques doivent apparaître sur les trois écrans. Il dépose sa pièce et tire avec force sur la poignée. La première roue se met à tourner et s'arrête sur... une cerise! Pierre se concentre sur la seconde roue qui tourne, tourne puis ralentit pour s'immobiliser sur... une autre cerise. Margot bat des mains. Les yeux de Pierre se fixent rapidement sur la troisième roue... encore une cerise! La machine s'illumine et se met à déverser les pièces de monnaie à grand flot sur le parquet. Marc et Margot sont tellement excités qu'ils sautent partout en empochant le plus de pièces possible.

— Il l'a eu, crie Margot.

— Fais-le encore, Pierre, on va être riches, dit Marc en riant.

Mais Pierre n'ose même plus bouger. Il n'arrive pas à en croire ses yeux. Il a de nouveau réussi sa magie!

— Essaie encore, insiste Marc.

— C'est pas sûr que ça fonctionne une deuxième fois, dit Pierre.

— Oui, oui, ça va marcher. T'es vraiment un magicien, dit Marc en continuant d'empocher les pièces.

— Faites pas les imbéciles, vous deux, dit Margot, qui commence à trouver l'enthousiasme de Marc un peu fou.

Curieux, Pierre est déjà devant une deuxième machine, sa pièce à la main.

Et bang! Une cerise, deux cerises, trois cerises! Le concert son et lumière recommence. Pour la seconde fois, la machine déverse toute sa réserve de pièces de monnaie. Ce bruit suspect, mêlé aux cris d'enthousiasme de Marc, finit par attirer l'attention du propriétaire qui interrompt un instant sa lecture, l'air inquiet. S'il y a un bruit qu'il n'aime pas, c'est bien celui de «son» argent qui tombe dans les mains des joueurs!

Pierre est paralysé, Margot reste bouche bée, mais Marc n'a pas assez de mains pour ramasser l'argent. Puis l'enthousiasme gagne Pierre à son tour. Il passe d'une machine à l'autre, fixant chacune de son regard pénétrant et, oups!, l'argent sort à pleines poignées.

En un clin d'œil, la salle de jeux se transforme en un formidable feu d'artifice. Partout, les lumières multicolores des machines clignotent, et les sous dégringolent. Mais, soudain, une odeur de fumée commence à se propager. Stupéfaits, les enfants entendent un bruit fracassant: deux machines viennent d'exploser au fond de la salle, et partout la vitre vole en éclats.

Le propriétaire bondit de sa chaise et, en deux sauts, il attrape Pierre par le collet.

— Qu'est-ce que t'es en train de faire? T'es fou?

Il le secoue comme une vieille branche de pommier. Pierre essaie tant bien que mal de se protéger pendant que Margot s'est littéralement transformée en statue. Marc, oubliant qu'il a rempli sa casquette de monnaie, se la dépose sur la tête...

Le propriétaire est furieux. Il note le nom de nos trois amis et celui de leur école, pour aller plus vite.

Chapitre 7

Pendant que Pierre faisait voler les machines à sous en éclats, son père, lui, s'affairait à réparer le mélangeur électrique qui, quelques instants plus tôt, s'était mis soudain à éclabousser sa femme. Il l'a démonté pièce par pièce et tente maintenant de remettre les bonnes vis sur les bons morceaux. La mère regarde par-dessus son épaule.

— Tu vois bien? Il est en parfait état, ton mélangeur!

— Ah oui! je vois. Comme tes essuie-glace...

— Mais non, c'est pas pareil. Les essuie-glace étaient brisés... dit-il sans conviction.

— Humm... les essuie-glace qui arrêtent, le mélangeur qui saute, le verre qui éclate, la bibliothèque qui dégringole du mur... Tu ne trouves pas qu'il se passe des choses étranges dans cette maison?

— Mais voyons, ça arrive que les choses brisent, non? répond le père d'un air un peu piteux.

— Peut-être, peut-être... mais c'est quand même bizarre. As-tu remarqué les lectures de ton fils ces temps-ci? Il ne lit que des ouvrages sur la magie. Tu trouves ça normal?

M. Laroche essaie tant bien que mal de rassurer sa femme.

— Écoute, c'est tout à fait normal que Pierre se passionne pour tout. Il faut pas que tu t'inquiètes pour si peu.

— Bon, d'accord, le rayon de jouets s'est détaché du mur tout seul... Je n'ai aucune raison de m'inquiéter, dit Mme Laroche avec un mince sourire.

— J'aime mieux ça, dit son mari, soulagé. Il y a des fantômes dans la maison, mais je vais t'en débarrasser en moins de deux! J'appelle «S.O.S. Fantômes».

Les parents de Pierre partent d'un grand éclat de rire et entrent tous les deux dans la cuisine juste au moment où le téléphone sonne. Le père rit encore en décrochant le téléphone.

— Oui, allô...

Mme Laroche ne voit pas tout de suite que la mine de son mari s'assombrit rapidement.

— Oui, oui, je serai là avec Pierre. Très bien, au revoir.

La mère a dressé l'oreille. Elle regarde son mari d'un œil interrogateur.

— Heu... on dirait qu'il y a un problème, avoue M. Laroche avec réticence.

* * * * *

Marc et Margot sont déjà dans le bureau du directeur avec leurs mères lorsque Pierre entre avec son père. Tout le monde a l'air terriblement piteux. Le directeur prend aussitôt la parole d'une voix courroucée.

— Je n'ai encore jamais vu un tel acte de vandalisme commis par mes élèves! Je sais que c'est à vos parents de sévir, mais je tiens à ce que vous sachiez, mes enfants, que je ne tolérerai pas que vos actes nuisent à la réputation de notre école...

Marc profite du moment où le directeur reprend son souffle pour l'interrompre.

— Moi, je n'ai absolument rien fait, monsieur. J'ai seulement ramassé l'argent!

Stupéfaite, Margot lui lance un regard furieux. Elle n'arrive pas à croire que Marc le fanfaron se comporte de façon aussi lâche.

— C'est vrai, monsieur, dit Pierre la mine basse, c'est moi qui suis responsable.

Margot s'empresse aussitôt d'ajouter:

— C'est ma faute, je l'ai encouragé...

Reconnaissant, Pierre proteste aussitôt:

— Absolument pas! C'est moi qui suis le seul responsable, dit-il en regardant le directeur droit dans les yeux.

— Ah! bravo, mon garçon! Mais peux-tu m'expliquer comment tu as fait pour accomplir tout ce grabuge en si peu de temps?

Pierre est désespéré. Il ne sait plus par où commencer. Comment expliquer au directeur ce tout nouveau pouvoir qu'il maîtrise si mal? Papa dit toujours que la vérité est la meilleure solution...

— Heuuu... c'est par la magie, monsieur...

Complètement éberlué, M. Laroche regarde son fils la bouche grande ouverte. Il ne voit pas que le directeur a bondi de son siège et avalé sa salive deux ou trois fois avant de retrouver l'usage de la parole.

— Quoi? Tu te payes ma tête? De toute ma vie, je n'ai encore jamais entendu une excuse aussi stupide...

«Eh oui! pense Pierre, allez donc dire la vérité à votre directeur d'école!»

— La magie, hein? crie le directeur en se laissant lourdement retomber sur sa chaise. C'est par la magie que tu as détruit les machines?

— Oui, monsieur, répond Pierre.

Un affreux silence règne dans la pièce. Même le directeur ne trouve plus ses mots. M. Laroche réagit le premier. Il vient soudain de se rendre compte que sa femme a peut-être raison... que Pierre a peut-être effectivement...

— Monsieur le directeur, euh... vous voyez... moi aussi, je croyais que c'était impossible...

De nouveau, le directeur bondit sur ses pieds. Décidément, il ne sait plus s'il doit s'asseoir ou rester debout!

— Vous... vous n'allez quand même pas me dire que vous croyez cette histoire à dormir debout?

M. Laroche ne répond pas, pour la bonne raison qu'il ne sait plus du tout ce qu'il croit. Le directeur se met à marcher de long en large dans le bureau, tout en passant et repassant devant le buste du saint patron de l'école qui trône sur son piédestal. Pierre le suit des yeux, malheureux, impuissant. «Que faire? se demande Pierre. Si ça continue, on sera encore ici demain.» Pierre cherche comment leur prouver, comment leur démontrer son pouvoir.

— C'est complètement idiot, tonne le directeur.

Il a soudain une idée de génie.

— Alors, d'accord... transforme-moi en souris!

La panique s'installe sur tous les visages, surtout celui du père de Pierre, qui soupire de soulagement en entendant son fils répliquer:

— Non, monsieur, ça c'est impossible, mais...

Il vient d'avoir une inspiration.

—... je peux déplacer le buste du saint patron.

Le buste lentement se soulève.

Personne n'a le temps de réagir. Pierre se met à fixer le buste, qui, lentement, se soulève de son piédestal. Avant même que quiconque ait saisi ce qui se passait, le buste commence doucement à se déplacer dans la pièce. La mère de Marc est la première à l'apercevoir. Elle ouvre la bouche sans émettre le moindre son et s'évanouit brusquement, ce qui a l'effet d'attirer l'attention de tout le monde sur la cause de sa frayeur subite. Le buste s'avance en effet au-dessus du bureau du directeur qui, se réveillant tout à coup, saisit sa lampe pour éviter une collision. Revenu de sa surprise, le père de Pierre saute de sa chaise en criant:

— Pierre!!!

Oups! Pierre perd sa concentration, et le buste du saint patron s'écrase en mille miettes sur le parquet.

Le directeur perd alors totalement sa dignité… et ses moyens. Il se penche et ramasse deux morceaux de plâtre qu'il lève dans les airs, l'air hébété.

— Qu'est-ce que c'est que ça?

— Des oreilles… répond la mère de Margot avec une petite voix de souris avant de s'écraser à son tour sur son siège.

Lentement, le directeur recouvre ses esprits… Il s'adresse à M. Laroche sur un ton désespéré.

— Monsieur, il vaut mieux que Pierre ne revienne plus à l'école pour l'instant… J'ai besoin de réfléchir. Euh… c'est sûrement une maladie qui se guérit.

C'est le signal pour que tout le monde se lève. L'air hagard, la mère de Marc se plante devant le père de Pierre et lui dit d'une voix faible:

— Vraiment, je suis désolée, monsieur, mais vous comprendrez qu'il ne faut plus que nos garçons se voient. Ça pourrait être dangereux…

Le cœur de Pierre s'arrête de battre. Personne ne voudra plus le voir? Ni même Margot? On le traite comme s'il avait une maladie contagieuse. Il sent le bras de son père autour de ses épaules. Il se laisse entraîner sans dire un mot.

Chapitre 8

Pierre n'est pas retourné à l'école. Les jours passent. Chaque jour, ses parents discutent du problème avec lui. Son père lui a interdit de lire des livres de magie. Sa mère lui explique sans arrêt le danger d'utiliser un pouvoir qu'il ne peut pas contrôler. Pierre en est convaincu lui aussi, mais, parfois, quand ses parents sont partis au travail, c'est plus fort que lui, il faut qu'il essaie quelques trucs. D'autant plus que ses sœurs ne l'aident pas beaucoup. Totalement inconscientes du danger que court Pierre, elles le supplient sans arrêt de leur faire des trucs de magie. Le garçon ne peut pas toujours refuser!

Finalement, le soir du party de Jacques arrive. Pierre en a assez d'être enfermé dans la maison. Il supplie ses parents de le laisser aller à la fête. Son père hésite:

— Tu vas encore faire des folies et te mettre dans le pétrin...

Sa mère non plus n'est pas emballée, mais elle a pitié du pauvre Pierre.

— Si nous te laissons aller, promets-tu de ne faire aucun tour de magie?

— Oh oui! je promets, s'empresse de répondre Pierre.

— Bon, alors, ça va. Va t'habiller, veston et cravate, dit Mme Laroche d'un air sévère.

— Ah non! pas une cravate! proteste Pierre.

— Absolument, c'est indispensable, insiste sa mère.

Bon, puisqu'il le faut! Pierre grimpe l'escalier quatre à quatre pour aller s'habiller pendant que M. Laroche s'installe pour regarder les nouvelles à la télévision. C'est le colonel que Pierre a vu l'autre jour. Il discute encore de cette fameuse arme mystérieuse.

— Je puis vous assurer que les craintes sont absolument non fondées. Il n'y a aucun danger à transporter cette arme au-dessus de notre ville.

Un reporter demande:

— Colonel, pouvez-vous nous décrire cette nouvelle substance.

— Désolé, répond le colonel. Tout ce que je peux vous dire, c'est qu'elle est plus puissante qu'une arme atomique, mais pas radioactive. Je répète, toutes les précautions ont été prises. Il n'y a aucun danger...

M. Laroche hausse les épaules.

— Quels imbéciles! Ils ne pourraient pas expliquer les choses clairement comme tout le monde!

— Oh! que tu es élégant! s'exclame Mme Laroche en voyant Pierre qui redescend l'escalier, son veston et sa cravate à la main.

Catherine, qui est en train de jouer avec le chien, lève la tête vers Pierre.

— Eh! Pierrot, fais-moi un tour de magie!

— Catherine! proteste son père avec énergie.

— Ça ne m'intéresse plus, s'empresse de répondre Pierre avec conviction.

Mme Laroche lance un regard de doute vers son mari pendant que Pierre s'approche de lui pour qu'il l'aide à nouer sa cravate. Il passe ensuite son veston et se regarde dans la glace du salon.

— Tu es parfait, Pierrot, assure sa mère.

Il fait la moue. Décidément, il déteste porter une cravate. Sans trop s'en rendre compte, il se met à fixer le bout de la cravate qui, lentement, commence à retrousser et à serpenter dans les airs.

— Pierre! Tu nous a promis, crie son père en colère pendant que Catherine éclate de rire.

Mme Laroche a l'air tout à fait désespérée:

— Pierrot, tu ne pourrais pas te conduire comme un garçon normal, non?

— Je m'excuse, murmure Pierre la mine basse, j'avais oublié...

Pierre ramasse le cadeau de Jacques et s'empresse de filer avant que ses parents changent d'idée.

Il arrive à la maison de Jacques, un peu essoufflé d'avoir couru. Tout de suite, il aperçoit ses amis par la fenêtre. Tout le monde semble bien s'amuser. De fort bonne humeur, il sonne à la porte. Le père de Jacques met quelques instants à venir répondre.

— Oh! bonsoir, Pierre.

— Bonsoir, monsieur Senneville.

Mais M. Senneville a à peine ouvert la porte et il semble hésitant.

— Est-ce que Jacques t'avait invité? C'est que, tu comprends, on ne savait pas que tu venais...

La mère de Jacques s'est mis le nez à la porte et demande à son mari:

— Qu'est-ce qui se passe? Qui est là?

— Heu-eu... c'est Pierre.

— Ah non! pas lui! Dis-lui que c'est une fête pour les enfants normaux. Qu'il s'en aille!

Embarrassé par l'air ahuri de Pierre, M. Senneville hésite.

— Écoute. Moi, j'ai pas d'objection, c'est ma femme qui a peur... Dès que tu iras mieux, tu pourras revenir, d'accord?

Il referme la porte au nez du pauvre Pierre qui n'arrive pas à en croire ses oreilles. Des larmes de colère et de frustration lui montent aux yeux. Il rebrousse lentement chemin, tenant toujours son cadeau à la main. Il s'arrête à la porte du jardin et lance le cadeau de toutes ses forces vers la maison en criant.

— Tu peux le ramasser, ton cadeau! J'en ai pas besoin de vos stupides fêtes d'anniversaire!

Mais il reste là, indécis, incapable de se décider à partir. La pensée soudaine que Margot est là, elle aussi, et qu'il ne pourra pas la voir l'enrage encore plus. Il aperçoit soudain une branche d'arbre qui passe juste au-dessus de la clôture. Il décide d'y grimper. S'il ne peut pas entrer, il pourra au moins voir ce qui se passe à l'intérieur. Aussitôt dit, aussitôt fait. De son perchoir, Pierre a une vue parfaite... trop parfaite! Il voit ses amis qui chantent, qui dansent et qui s'apprêtent à passer à table... pleine de bonnes choses à manger. Et Margot qui prend des photos! Lui seul ne sera pas sur les photos. La colère de Pierre monte, de plus en plus. Puis c'est le clou de la soirée, la mère de Jacques entre dans la pièce avec le gâteau d'anniversaire, toutes bougies allumées. «Bon anniversaire», se mettent à chanter les enfants en chœur. C'est la goutte d'eau qui fait déborder le vase de Pierre.

Il se met à fixer, près du mur, la desserte sur laquelle sont alignées les cannettes de boissons gazeuses et de jus.

Lentement, la desserte commence à s'éloigner du mur et vient s'arrêter derrière la mère, qui tient toujours le

Le gâteau explose et la glace au chocolat vient se déposer en larges plaques collantes sur le visage des parents.

gâteau. Soudain, comme muni d'une bombe à retardement, le gâteau explose, et la glace au chocolat vient allègrement se déposer en larges plaques collantes sur le visage éberlué des parents. Puis, une à une, les cannettes se mettent à éclater dans un grand bruit de feu d'artifice, et leur contenu, projeté dans les airs, éclabousse copieusement les parents et les invités de Jacques.

Croyant que l'incident fait partie du spectacle, les enfants hurlent, dansent, tapent des mains. Mais pas les parents! Dégoulinante, la mère crie à son mari:

— Fais quelque chose! C'est sûrement ce petit démon. Arrête-le!

Prudente, Margot s'est éloignée du grabuge et contemple la scène avec beaucoup d'inquiétude. Elle sait bien que Pierre est là-dessous. Elle ne voit pas la fillette qui s'est approchée d'une fenêtre et qui pointe du doigt en hurlant, fière de sa découverte:

— Il est là, il est là! Je le vois!

Cette innocente exclamation va déclencher la plus spectaculaire chasse à l'homme que la ville ait jamais vue... et des conséquences fort inattendues pour le pauvre Pierre.

Furieux, M. Senneville voit Pierre juché sur sa branche. Pierre l'aperçoit en même temps. Vociférant, le père sort de la maison en courant pendant que Pierre dégringole de son arbre et prend ses jambes à son cou.

Évidemment, la mère a suivi son mari, et tous les enfants lui emboîtent le pas, sans trop savoir d'ailleurs pourquoi, ni après qui ils courent... sauf Margot, bien sûr.

Pierre se sent à la fois coupable de n'avoir pas tenu sa promesse et furieux du traitement que les parents de Jacques lui ont fait subir. Mais, pour l'instant, il se sent surtout terriblement effrayé de la tournure des événements et il n'a aucune intention de se laisser rattraper! Il enfile la première rue à droite et court à toutes jambes vers le centre-ville, se faufilant tant bien que mal entre les passants. Il passe devant un grand restaurant où se déroule justement une grosse noce. Pierre évite de justesse les mariés qui viennent de sortir sur le trottoir. Malheureusement, le père de Jacques n'a pas cette chance... Il fonce directement dans le voile de la mariée, qui perd non seulement son voile, mais son bouquet, ses chaussures et sa dignité par-dessus le marché. Le marié reste sur le trottoir, les bras ballants et la bouche ouverte...

— Où est-ce qu'ils courent tous? crie l'une des filles d'honneur.

— Sûrement après un voleur, répond le jeune frère du marié. Allons-y!

Ce qu'ils font. Toute la noce se met à la chasse des poursuivants de Pierre. Ça tombe mal! C'est précisément l'heure où beaucoup de camions viennent livrer la marchandise aux divers marchands de la rue. Les bras pleins de boîtes, des hommes traversent constamment le trottoir. Pierre en rate un de justesse, se faufilant entre ses jambes. Ahuri, l'homme essaie de remettre ses boîtes en équilibre lorsque, vlan!, quelqu'un d'autre lui fonce dedans en coup de vent. La mère de Jacques vient de faire une plongée spectaculaire au milieu des boîtes éparpillées sur le trottoir. Des dizaines de petits jouets mécaniques s'échappent sous les pieds des passants...

Deux hommes qui, à ce moment-là, sortent innocemment d'un magasin se retrouvent, malgré eux, au beau milieu de la cohue.

— Qu'est-ce qui se passe? demande l'un d'eux au père de la mariée qui vient de glisser sur une souris mécanique.

— On poursuit un assassin!

Le mot résonne comme un coup de tonnerre aux oreilles des passants. Un assassin? Oh ciel! leur devoir de citoyens exige qu'ils viennent en aide aux poursuivants. Leur ville est en danger! Aussitôt, des dizaines de passants entrent dans la course...

Pendant ce temps, Pierre court toujours, de plus en plus effrayé par l'ampleur des événements. Chaque fois qu'il jette un coup d'œil par-dessus son épaule, il voit la foule qui grossit. Et, justement, au moment où il regarde derrière lui, il ne voit pas le marchand de fruits installé sur le trottoir derrière ses pyramides de poires et d'oranges. Il fonce dedans, faisant rouler les fruits partout sous les pieds des coureurs. C'est une belle équipée! Pendant que les premiers poursuivants se relèvent, Pierre s'esquive dans une rue transversale. Hélas! seulement pour foncer directement sur un marchand de ballons! Ceux qui n'ont pas glissé sur les oranges et le poursuivent toujours viennent s'étaler dans le tas de ballons. En panique, Pierre se dirige vers une arcade, lorsqu'il entend une voix connue qui vient d'un couloir.

— Eh! Pierre, par ici, vite!

C'est Margot! Pierre n'en croit pas ses yeux. Avant même qu'il ait le temps de réagir, la fille l'a attrapé par la main et l'entraîne derrière elle. Ils courent si vite qu'ils ne remarquent même pas qu'une voiture aurait pu les frapper. Ils remarquent encore moins la voiture de police stationnée un peu plus loin. Un agent, penché à la fenêtre, parle à son copain à l'intérieur de la voiture. Pierre l'aperçoit enfin, mais trop tard. Il a le choix entre foncer sur un lampadaire ou... sur le policier. Trop tard pour choisir! Il plonge tête première dans les jambes du policier, qui s'étale de tout son long sur la chaussée... et Pierre aussi. Le réflexe rapide de Margot le sauve, pour l'instant. Elle l'attrape par le bras, et ils reprennent leur course de plus belle... mais, hélas!, cette fois avec une voiture de police à leurs trousses. Vraiment, la partie semble perdue! Soudain, Margot bifurque à gauche et s'engage dans une ruelle sombre, mais, en se retournant, elle voit que la voiture de police vient de s'y engager aussi. Comble de malheur, non seulement la ruelle n'a pas d'issue, mais un énorme camion bloque l'accès au mur qu'ils pourraient escalader. Plus moyen de s'échapper. Adossés au camion, les enfants regardent la voiture de police qui vient vers eux à toute vitesse. Elle ne semble pas vouloir ralentir, au contraire, elle accélère!

Pierre se place aussitôt devant Margot commc s'il croyail pouvoir la protéger. Sans réfléchir, il se met à fixer la voiture, qui, soudain, s'élève dans les airs, les manque d'un cheveu et passe directement au-dessus du camion!

Les enfants n'attendent pas de voir ce qui arrive au policier. Ils s'échappent de la ruelle. Sonné, mais bien vivant, le policier sort de sa voiture tête première. À la vue du spectacle qui s'offre à ses yeux, il croit que la fin du monde est arrivée. Les lampadaires de la rue explosent, les enseignes au néon s'évaporent en fumée de toutes les couleurs, et toutes les lumières du centre-ville s'éteignent soudain dans un immense fracas.

Chapitre 9

Pendant ce temps, à la maison, M. Laroche regarde la télévision, bien calé dans son fauteuil, l'œil sombre, pendant que sa femme, l'air désespéré, se promène de long en large.

La porte de devant s'ouvre, et Pierre entre, le visage sale, les cheveux ébouriffés, les vêtements en désordre.

— Bonsoir, murmure-t-il en fixant le parquet.

— Les parents de Jacques ont téléphoné, annonce le père d'une voix grave.

— Qu'est-ce qui est arrivé, Pierrot? demande la mère, angoissée.

— Oui, Pierrot, qu'est-ce qui est arrivé? répète Sophie.

— Vous deux, retournez dans votre chambre immédiatement, dit Mme Laroche.

— Pourquoi? Je suis pas un membre de la famille? J'ai pas le droit de savoir? implore Catherine sur un ton larmoyant.

Personne n'a le temps de lui répondre parce que, à la télévision, l'annonceur raconte des incidents étonnants qui attirent l'attention générale.

— Mesdames, messieurs, nous interrompons cette émission pour vous livrer un bulletin spécial. La police nous apprend qu'une série d'incidents bizarres se sont produits au centre-ville, il y a environ une heure. Selon les autorités, il semblerait que le responsable... heu... soit un jeune garçon d'une douzaine d'années. La police affirme toutefois qu'il n'y a eu aucun blessé, mais que les dégâts matériels sont considérables...

Pierre est devenu très pâle. Il n'ose pas regarder le visage soucieux de son père ni les larmes de sa mère. Sophie, elle, ne comprend rien du tout. L'annonceur poursuit:

—... il n'y a aucune raison de croire que ces actes de vandalisme soient reliés de quelque façon que ce soit aux protestations qu'a soulevé le transport de la substance meurtrière au-dessus de notre ville...

Clac! M. Laroche vient de fermer le téléviseur, il en sait assez long. Pierre éclate en sanglots.

— Ils ont refusé de me laisser venir à la fête, explose-t-il en se laissant tomber dans un fauteuil.

Mme Laroche court aussitôt vers lui.

— Tu n'as rien, Pierrot? Tu n'es pas blessé?

Il secoue la tête.

— C'est vraiment toi qui as fait tout ça, Pierrot? demande son père, consterné.

— Ce n'est pas ma faute, j'ai pas voulu faire ces dégâts-là!

— Mon garçon, je pense que toi et moi, on ferait mieux de se rendre au poste de police.

— Quoi? Tu vas pas livrer ton propre fils à la police! s'écrie Mme Laroche en pleurant.

— On n'a pas le choix, répond M. Laroche tristement.

Il se lève aussitôt, et Pierre, la tête basse, le suit docilement. Impuissantes, la mère et les jumelles les regardent s'éloigner sans rien dire.

Lorsque Pierre et son père arrivent au poste de police, il y a beaucoup d'animation. Les téléphones sonnent sans arrêt, les policiers entrent et sortent, si bien que personne ne s'occupe d'eux. Le père de Pierre s'adresse à un agent de service assis derrière son bureau.

— Excusez-moi, monsieur...

L'agent relève brièvement la tête, mais sans dire un mot.

— J'aimerais parler au... au directeur, je suppose, continue le père de Pierre en hésitant.

— Le directeur? finit par répondre l'agent tout en continuant son travail. Euh! oui, le directeur... y a un tas de gens qui veulent voir le directeur. Asseyez-vous là-bas.

Pierre et son père vont s'installer sur une banquette le long du mur et ils attendent... attendent... attendent. À mesure que les minutes passent, Pierre devient de plus en plus nerveux. Son père aussi. Qu'est-ce qu'il va bien pouvoir dire au directeur, hein? Quelque chose comme «Ecoutez, c'est mon fils qui a fait sauter la moitié de la ville ce soir... grâce à ses pouvoirs magiques!» Le temps passe.

Finalement, un adjoint se rappelle leur présence et arrête le directeur juste comme celui-ci va quitter son bureau.

— Attendez, monsieur le directeur. Il y a encore quelqu'un qui veut vous voir... avec un jeune garçon.

Le directeur n'a pas l'air particulièrement ravi. Il a eu plus que sa part de problèmes aujourd'hui et il n'a aucune envie d'être retardé par une histoire d'enfant.

— Dis-leur de revenir demain, répond-il à son adjoint sur un ton impatient.

— Ça fait déjà très longtemps qu'ils attendent, monsieur le directeur.

— Qu'est-ce qu'ils ont tous à vouloir me voir aujourd'hui? Est-ce qu'ils vont finir par me foutre la paix? C'est encore pour les explosions, je suppose. C'est bon, fais-les entrer, dit-il en soupirant.

Deux secondes plus tard, Pierre entre dans le bureau avec son père.

Le directeur essaie de sourire.

— Eh bien! messieurs, qu'est-ce que je peux faire pour vous?

M. Laroche hésite un instant pendant que Pierre se tortille sur sa chaise. Il ne sait pas comment commencer. Il plonge...

— Monsieur le directeur, mon fils est le responsable de tous les incidents malheureux qui...

— Oh! vraiment? dit le directeur avec un large sourire.

— Oui, répond M. Laroche très sérieusement.

Le directeur fronce les sourcils. Il commence à trouver que la farce n'est pas drôle du tout.

— Oh! vraiment, hein? répète le directeur. C'est votre fils qui a fait sauter 20 lampadaires, la centrale téléphonique, plus 10 transformateurs. Et tout ça en moins de 30 secondes!!!

Le directeur est de plus en plus furieux.

— Et je n'ai même pas mentionné les dizaines d'autres peccadilles du même genre... Oui, vraiment!

Pierre n'aime pas le ton de monsieur le directeur. Il tire sur la manche de son père, qui lui lance un coup d'œil de biais.

— Je vous assure, monsieur le directeur. Mon fils possède une sorte de pouvoir bizarre...

— Oui, ben alors, j'aimerais bien voir ça, moi. Peut-être que je pourrais demander une petite faveur à votre fils?

— Bien sûr, répond M. Laroche avec enthousiasme, espérant amadouer le directeur.

— Magnifique, dit le directeur. Vous voyez, mon chef insiste pour que j'aie cette grosse armoire dans mon bureau... J'aimerais mieux la remplacer par un sofa. Mais, moi, je n'ai pas le droit de la bouger. Peut-être que votre fils pourrait...

— Je suis désolé, monsieur, mais je ne comprends pas.

— Non, non, je ne voudrais pas trop lui demander... seulement de me passer cette armoire-là à travers le mur. Comme ça, je pourrais mieux respirer.

M. Laroche regarde le directeur d'un air ahuri. Il vient de comprendre que l'homme le prend pour un fou, et c'est lui qui commence à être furieux à son tour. Il ne veut pas non plus que Pierre fasse une folie qui pourrait encore empirer la situation.

— Surtout, Pierre, ne fais rien. Tu vois bien qu'il se moque de nous.

— Mais absolument pas, assure le directeur, l'air impatient.

— Allez, viens, Pierre. On a eu assez de problèmes pour la journée.

Le directeur se lève brusquement de son siège.

— Vous n'aurez aucun problème. J'en prends l'entière responsabilité.

— Vous le jurez? demande M. Laroche, en hésitant.

Le directeur est furieux.

— Vous me prenez pour un imbécile? Et vous venez me déranger pour rien, comme ça, en pleine période de crise? Eh! Pierre, tu me le rends, ce service, hein?

Pierre ne sait plus du tout ce qu'il doit faire. Il regarde tour à tour le directeur puis son père, qui lui non plus d'ailleurs ne sait plus quoi faire. Il se contente de hausser les épaules. Si le directeur le veut, pourquoi pas? Pierre s'avance au milieu de la pièce et regarde autour de lui.

— Par quel mur vous voulez que je l'envoie? demande-t-il le plus sérieusement du monde.

— Tiens, vas-y par ce mur-là, dit le directeur, de plus en plus furieux. C'est le plus laid!

L'armoire est sur le mur face à la porte d'entrée. Pierre se met à la fixer, de plus en plus intensément. Soudain, l'armoire commence à bouger, puis elle s'élève et passe directement à travers le mur que le directeur a désigné. Une épaisse poussière de plâtre envahit toute la pièce. La lumière vacille puis s'éteint. Pierre voit le directeur qui se remet lentement sur ses pieds et file par le trou béant du mur. On n'entend plus un son dans l'immeuble. Il semble que tout le monde se soit enfui, en panique. Pierre se dirige vers la porte.

— Attends! lui crie son père, laisse-moi vérifier d'abord. Il jette un coup d'œil dans les couloirs remplis de débris.

— Tout est en ruine... C'est pas possible! Il y avait une armoire semblable dans chaque bureau. Le directeur ne t'avait pas demandé de toutes les sortir. Viens, partons d'ici!

Ils s'avancent tous deux, avec précaution, vers la porte de sortie.

— Y a quelqu'un? crie M. Laroche dans le couloir vide.

Pas de réponse, pas de bruit, sauf celui des plaques de plâtre qui continuent à se détacher ici et là des plafonds et des murs. M. Laroche n'aime pas du tout ce silence bizarre. Ils se sentent tous les deux de plus en plus nerveux.

— Ne t'inquiète pas, Pierre. Ils ne vont pas tirer sur nous, le directeur a dit qu'il assumait toute la responsabilité...

Mais sa voix n'est pas très rassurée, ni très rassurante.

Il poursuit son chemin, enjambant les débris et tirant Pierre par la main. Ils arrivent enfin à la porte. Le père hésite un instant, puis il ouvre la porte et entraîne son fils dehors. Ils s'arrêtent tous les deux sur la première marche, pétrifiés. Un puissant faisceau lumineux les aveugle, et ils mettent un moment à distinguer la rangée de policiers qui les attendent. En proie à une grande frayeur, Pierre cache son visage dans ses mains. Comme pour se rassurer, il répète sans arrêt tout bas: «Papa a dit qu'ils ne tireraient pas... Papa a dit qu'ils ne tireraient pas...»

— Les voilà! crie le directeur. Ne bougez pas, et tout ira bien... Laissez votre fils avancer jusqu'à l'hélicoptère!

M. Laroche voit maintenant distinctement les voitures et les policiers, fusils à la main. Il entend un bruit sourd et voit la lumière qui grandit dans le ciel. L'hélicoptère est sur le point d'atterrir.

— Il n'y a aucun danger, répète le directeur. Laissez-le venir à l'hélicoptère.

Ils voient maintenant l'hélicoptère se poser sur le sol dans une volée de poussière. Aussitôt, des policiers l'ont entouré. Pierre s'accroche désespérément à son père qui l'entoure de son bras. Le directeur insiste:

— S'il vous plaît, ne bougez pas et laissez venir le petit. Il n'y a aucun danger. Personne ne lui fera de mal.

M. Laroche hésite, mais il est coincé. Que peut-il faire? Il se penche vers Pierre et lui murmure quelques mots à l'oreille. Le garçon a l'air terrifié. Puis, lentement, il lève la tête et se dirige en hésitant vers l'hélicoptère. Mais lorsque le père voit Pierre s'approcher de l'hélicoptère, il perd tout à fait son calme et se met à courir vers lui comme un fou. Aussitôt, quatre hommes se lancent à sa poursuite et le retiennent solidement. Il voit son fils lui lancer un dernier regard avant de monter à bord de l'hélicoptère.

— Laissez-le! Laissez mon fils! hurle le pauvre père désespéré. Pierre! Pierre!

— Papa! hurle Pierre à son tour.

Mais leurs voix se perdent dans le bruit assourdissant de l'appareil qui décolle.

Chapitre 10

Imaginez la réaction de M. Laroche lorsque l'hélicoptère emporte son fils. Il demande à grands cris qu'on lui ramène Pierre.

— Où l'emmenez-vous? Je veux savoir où va mon fils!

Les policiers mettent une bonne demi-heure à le calmer. Ils lui expliquent qu'on conduit son fils à l'hôpital pour que les médecins l'examinent. En effet, un tel pouvoir peut être extrêmement dangereux pour un garçon de 12 ans de même que pour tous les gens qui l'entourent. Rassuré de savoir que son fils n'est pas en danger, le père se calme peu à peu.

— À quel hôpital est-il?

— Oh! désolé, monsieur, nous ne pouvons pas vous le dire.

— Comment? Mais je ne peux pas laisser mon fils seul à l'hôpital... Je veux aller le voir!

— Impossible. Il faut laisser les médecins faire les tests. Je vous le répète, votre fils a quelque chose qui ne va pas.

— Comment, qui ne va pas?... C'est un garçon tout à fait normal... euh!, enfin... presque.

— Vous voyez bien. Rentrez chez vous, nous vous donnerons des nouvelles dès que possible.

M. Laroche pense tout à coup que sa femme doit être terriblement inquiète. Il n'a décidément rien de mieux à faire que de rentrer à la maison et d'aller vite la rassurer.

Le lendemain matin, le téléphone retentit. C'est l'hôpital. Un médecin leur assure que tout va très bien. Pierre se repose, il est calme.

— Je peux aller le voir? demande Mme Laroche.

— Oh non! pas encore. Pas avant que nous ayons complété les tests. Nous vous préviendrons.

Et l'homme raccroche immédiatement.

De son côté, Pierre ne trouve pas que tout va bien. Il commence à en avoir assez de se faire tirer, pousser, rentrer dans toutes sortes de machines, retourner sous tous les angles. Surtout que la conversation des grands spécialistes n'arrange pas les choses.

— Je ne vois absolument rien, dit l'un.

— Tout me semble normal, ajoute l'autre.

— Il devrait pourtant y avoir des signes, s'étonne un troisième.

— Tout ça est bien bizarre, messieurs, répond le médecin en chef. Il va falloir faire des examens plus approfondis.

Mais Pierre ne le prend pas ainsi.

— Pourquoi encore des examens, puisque je n'ai rien?

— Oui, oui, mon garçon, j'en suis certain, essaie de le rassurer l'un des médecins. Mais il faut quand même faire d'autres tests.

Pierre n'aime pas du tout les sourcils froncés et les regards étranges des médecins. Ils échangent à voix basse des propos qui sont loin d'être rassurants. Tout cela dure depuis des jours, déjà. Lorsque Pierre n'est pas étendu sur une quelconque table d'examen, il se retrouve seul, enfermé à clé dans sa petite chambre. Les journées lui semblent terriblement longues et ennuyeuses. Ses parents n'ont pas encore obtenu la permission de lui rendre visite et il ne voit personne d'autre que l'infirmière qui lui apporte ses repas.

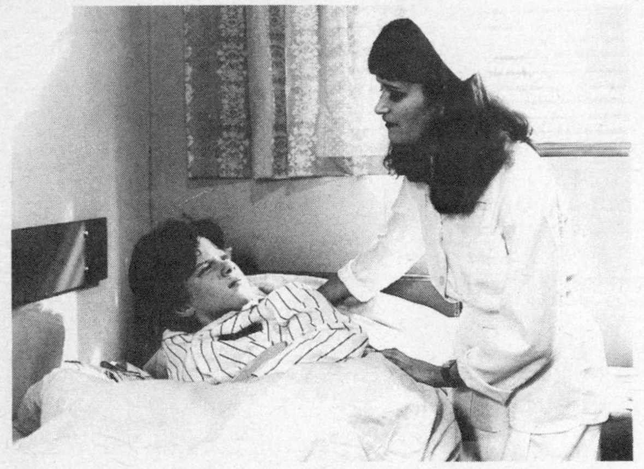

Il ne voit personne d'autre que l'infirmière.

Un bon matin, il entend le son du téléviseur qui s'allume. Il lui lance à peine un regard distrait, habitué qu'il est à ne voir que des émissions ennuyeuses. Mais, soudain, le timbre d'une voix bien connue le fait sursauter. Il aperçoit le visage de son père sur l'écran!

— Bonjour, Pierrot. Tu vois, comme on n'a pas la permission d'aller te voir, on a pensé te faire une cassette...

— On a tous très hâte que tu reviennes à la maison, Pierrot. Tout le monde s'ennuie terriblement de toi... Tu vois, rien n'a changé ici, et on t'attend...

À son tour, Sophie claironne:

— Reviens, Pierrot! On s'ennuie de toi!

L'image change, et Pierre aperçoit toute la famille. Sa mère parle.

Et elle éclate en sanglots...

— Je vais te rendre l'argent que tu m'as donné!

L'image se brouille pendant quelques secondes. Des larmes commencent à perler aux yeux de Pierre. Le visage de Mme Laroche revient sur l'écran.

— Écoute-moi, Pierre. Le médecin nous dit que tu vas bien. Il pourrait bientôt te laisser revenir, mais ça dépend de toi... Je veux dire, euh... il faut absolument que tu arrêtes de te servir de ton pouvoir. Tu entends? Il faut que tu promettes de ne plus jamais t'en servir. Tu m'entends, Pierrot? Me promets-tu?

— Oui, maman, s'empresse de répondre Pierre, même s'il sait qu'elle ne peut pas l'entendre. Et ses larmes coulent de plus belle.

— Maintenant, dit M. Laroche, regarde, on a une surprise pour toi.

Pierre relève la tête. Et pour une surprise, c'en est toute une! Le visage de Margot apparaît sur l'écran!

— Salut, Pierrot! Comment vas-tu? Nous, on va bien, et, à l'école, tout le monde s'ennuie de toi. On a tous très hâte que tu reviennes!

Le visage de Pierre s'éclaire d'un large sourire, mais il n'a pas le temps de réagir parce que la porte de sa chambre s'ouvre, et l'infirmière entre avec un plateau...

Chapitre 11

Pendant ce temps, quelque chose de très important est en train de se passer ailleurs. Des hélicoptères de l'armée ont entrepris de transporter les fameuses armes mystérieuses au-dessus de la ville. Le pilote d'un hélicoptère communique sa position à la base militaire.

— Transporteur 21... j'appelle la base. Nous survolons le nord de la ville et nous sommes présentement au-dessus d'une usine. Nous arriverons à la base à l'heure prévue...

Soudain, l'hélicoptère a un soubresaut, et un drôle de petit déclic se fait entendre.

— Qu'est-ce qui se passe? demande le pilote à son copilote.

— Je n'en sais rien, monsieur.

Pendant ce temps, à la base militaire, le colonel s'inquiète de ne plus entendre la voix du pilote.

— Allô, allô! Qu'est-ce qui se passe?

— C'est le chargement, mon colonel. On a un problème.

— Un problème? Quel problème?

— On a perdu le chargement, avoue le pilote.

— Quoi? Le chargement? Mais comment est-ce possible?

— La trappe s'est ouverte, et le contenant est tombé!

— Bande d'abrutis, mais c'est une catastrophe! hurle le colonel. Le contenant a explosé? Non? Bon, tant mieux. J'espère que le loquet de sécurité est resté fermé.

Le colonel sort de son bureau en courant.

— Il y a eu un accident, mon général. Vite, qu'on avance ma voiture.

Le contenant dangereux est bel et bien tombé de l'hélicoptère qui le transportait, et en plein sur une usine où des ouvriers travaillaient, juchés sur des échafaudages. Un grand trou vient de s'ouvrir dans le toit, et l'objet se dépose, en équilibre instable, sur l'un des échafaudages près du plafond. Sidéré, un ouvrier s'écrie:

— Tu as vu ça? Qu'est-ce que ça peut être? On dirait une bombe!

— En tout cas, restons pas là!

— Vite, les gars, descendons! Faites sortir tout le monde!

En un rien de temps, l'usine se vide, pendant qu'à la base militaire le colonel donne l'alerte et qu'un groupe de voitures de l'armée filent à toute vitesse vers le lieu de l'accident...

Chapitre 12

Mais revenons à Pierre. L'infirmière vient d'entrer et dit avec un sourire.

— Voici ton petit déjeuner, Pierrot.

Un seul et unique verre de jus d'orange sur le plateau!

— En effet, c'est un *petit* déjeuner!

Pierre est furieux. L'infirmière continue d'expliquer en souriant:

— Bois ton jus, Pierrot. Ensuite tu viendras avec moi. Il faut te raser la tête.

Pierre se lève d'un bond.

— Quoi? Me raser? Il en est pas question!

Pierre revoit le visage de Margot. Comment oserait-il paraître devant elle la tête rasée?

— Seulement un côté, ajoute l'infirmière. Les médecins doivent te faire une petite opération. Rien de grave, tu verras!

— Non! Pas question de me raser, et pas d'opération non plus, hurle Pierre.

— Tu ne sentiras absolument rien, le rassure l'infirmière.

Elle sort et referme la porte à clé. Pierre reste immobile un instant, trop sidéré pour pouvoir réagir. Puis lentement, il prend conscience de sa situation.

— Ils veulent m'opérer dans la tête! Ah non! tout mais pas ça!

Il se rue sur la porte et se met à la secouer violemment, mais sans succès. En désespoir de cause, il se tourne vers l'écran de télévision comme pour implorer l'aide de ses parents. L'écran est totalement noir. Il retourne s'asseoir sur son lit et se met à réfléchir. Vraiment, il ne peut pas rester dans cet hôpital une minute de plus. Sa décision est prise. Il doit se sauver! Il enfile ses vêtements et se plante solidement devant la porte.

— Désolé, maman, murmure Pierre tout bas, mais j'ai pas le choix!

Il colle son oreille à la porte, écoute attentivement, puis il se met à fixer la poignée de la porte. Quelques secondes s'écoulent, et, soudain, la poignée vole en éclats. La porte s'ouvre. Pierre attend quelques secondes. Personne ne vient. Il s'engage dans le couloir avec précaution. Il s'est à peine éloigné de sa chambre d'une centaine de pas lorsqu'il entend la voix furieuse du docteur:

— Miséricorde!

Il vient de découvrir la disparition de son patient. Le cœur de Pierre s'arrête de battre. Il aperçoit un chariot sur lequel est déposé un long sac en plastique, du genre de ceux qu'on utilise pour transporter les personnes décédées. Sans perdre une seconde, il grimpe sur le chariot et se cache dans le sac juste au moment où l'infirmier de service arrive. Pierre reste immobile comme un mort. Il sent le chariot bouger et entend l'infirmier dire à son collègue:

— Je descends celui-là. C'est mon dernier de la journée.

Même s'il n'a aucune envie de se retrouver parmi les morts dans la chambre froide, Pierre garde un sang-froid absolu. Il sent qu'on monte le chariot dans l'ascenseur. La porte se referme. L'infirmier s'est appuyé au mur, dos au sac, et il sifflote. Soudain, il entend un bruit étrange, comme du plastique qui bouge. Il voit le sac qui semble s'asseoir de lui-même sur le chariot. Une main sort du sac et lui tape sur l'épaule.

— Excusez-moi, monsieur, dit Pierre poliment.

L'infirmier ouvre la bouche pour crier, mais aucun son n'en sort. Il regarde l'apparition, les yeux sortis de la tête, puis il s'évanouit.

En moins de deux secondes, Pierre est sorti de son sac et il appuie sur le bouton marqué «G», en espérant qu'il corresponde à «garage». Lorsque la porte s'ouvre, il voit qu'il avait deviné juste: des ambulances sont alignées devant lui. Il court vers la plus proche et saute dedans. Il est grand temps! Derrière lui, la porte de l'ascenseur s'ouvre de nouveau, et un groupe d'infirmiers et de médecins en sortent à toute allure. Pierre a à peine le temps de s'écraser au fond du véhicule. Son cœur bat à tout rompre. S'ils le découvraient! Il se fait le plus petit possible pendant que les hommes courent en tous sens dans le garage. Il entend les voix.

— Impossible que ce garçon ait eu le temps de s'enfuir. Il est caché quelque part ici.

— Vous autres, cherchez dans tous les coins, moi, j'examine les véhicules.

Ouf! Pierre n'a plus une seconde à perdre. Il décide de jouer le tout pour le tout. Son père lui a déjà donné quelques leçons de conduite, et c'est maintenant que ça doit servir! Pierre entend les pas qui se rapprochent. Il saute derrière le volant et met le moteur en marche juste au moment où un visage apparaît à la portière. L'homme crie:

— Eh! garçon! Le médecin te cherche!

«Justement», pense Pierre. Et il appuie de toutes ses forces sur l'accélérateur. L'ambulance bondit et Pierre a toutes les peines du monde à s'agripper au volant. Il réussit pourtant à manœuvrer l'ambulance vers la sortie tout en surveillant du coin de l'œil les hommes qui courent comme des fous derrière lui. Il sort du garage et enfile la première rue à droite. Un coup d'œil dans le rétroviseur lui permet de constater que personne n'est encore à sa poursuite. Mais ça ne tardera pas! Il faut qu'il se débarrasse de l'ambulance au plus tôt. Il continue de parcourir les rues à toute allure jusqu'à ce qu'il aperçoive un chemin qui semble désert. Il s'y engage et se rend compte qu'il mène tout droit vers un petit boisé. Pierre accélère, mais la route est mauvaise. Il perd soudain le contrôle, et l'ambulance s'arrête brusquement dans un fossé broussailleux.

«C'est ici qu'on descend!» se dit Pierre.

Il ouvre la portière et file à toutes jambes dans les broussailles. Un coup d'œil derrière lui le rassure. L'ambulance est presque entièrement cachée par les broussailles.

«Tant mieux, ils auront du mal à me retrouver!»

Sans plus se retourner, Pierre poursuit sa course dans le bois.

Chapitre 13

Mais, comme nous l'avons vu plus tôt, un autre drame est en train de se dérouler en ville. Suivi d'un important détachement de voitures militaires, le colonel s'est dirigé vers les lieux de l'accident. Un cordon de soldats armés entoure l'usine et en défend l'accès. Une terrible explosion s'est produite! Sans qu'on ait pu y faire quoi que ce soit, une goutte, une toute petite goutte s'est échappée du contenant endommagé. Mais quelle goutte! En s'écrasant au sol, elle a fait voler en éclats la moitié des installations de l'usine. Le colonel constate les dégâts avec anxiété.

— Pas croyable! Rien qu'une goutte, et regardez-moi les dommages!

Le colonel et ses aides ont beau examiner la situation, ils ne semblent toujours pas avoir trouvé la solution pour éviter une plus grande catastrophe. Ils regardent avec angoisse le contenant fatal qui est perché tout près du toit dans un enchevêtrement d'échafaudages. À ce moment-là, une voiture de police arrive sur les lieux, et le directeur en descend. Il a l'air soucieux et fatigué. Les problèmes ne lui ont pas manqué ces derniers temps. D'abord, le garçon au pouvoir magique et, maintenant, cette histoire de bombe! Il s'adresse à l'un des militaires:

— Je viens voir le colonel... C'était pas dangereux, hein? Et maintenant, c'est la population qui va payer pour vos bêtises, comme d'habitude!

Comme le directeur de police se dirige vers lui, le colonel commence à se justifier:

— Quel malheur! C'est un coup très dur pour l'armée. Toute la presse va parler de grave négligence, et pourtant ce n'est pas le cas. Les dommages matériels ne sont pas trop grands...

— Ah oui! c'est encore heureux, répond le directeur, qui lui tourne le dos en n'ayant pas l'air d'en croire un mot.

— Attendez, monsieur le directeur, ne partez pas, dit le colonel. Puis, se tournant vers son adjoint, il ajoute:

— Avons-nous des nouvelles du laboratoire?

— Non, mon colonel, pas encore.

— Et qu'est-ce que vous attendez pour agir? demande le directeur, impatient.

— Que la police commence par me foutre la paix, réplique le colonel en colère.

— Vous croyez que je suis d'humeur à rire? demande le directeur.

— Certainement pas. Et moi non plus, dit le colonel.

— Je vais voir sur place, dit le directeur. C'est par là?

— Oui.

Tout en marchant, le colonel explique au directeur:

— Il faudrait trouver un moyen de faire descendre le contenant en douceur, mais surtout un moyen d'éviter que la substance explosive s'échappe du contenant. Vous avez vu les dégâts qu'une seule goutte a causés?

— N'y a-t-il pas une façon de neutraliser cette substance?

— Nous attendons des nouvelles du laboratoire. D'ici là, impossible de toucher au contenant.

— Ce sera long encore?

— Aucune idée. Peut-être trois heures, peut-être trois semaines...

Le directeur hausse les épaules, totalement découragé. «Quelle folie», pense-t-il en s'éloignant vers sa voiture. Le directeur réfléchit. «Il doit pourtant y avoir un moyen...»

Chapitre 14

De son côté, Pierre marche toujours dans le bois, peut-être poursuivi par le personnel de l'hôpital. Il ignore que, tout près, un énorme danger plane sur la ville entière. Il a quelque peu ralenti le pas tout en jetant régulièrement un coup d'œil derrière lui. Tout semble calme, personne ne semble le suivre. Pierre s'avise qu'il ne peut tout de même pas passer la nuit dans le bois. Il faudra bien que, tôt ou tard, il revienne sur la route. Mais une chose est sûre, pas dans la direction de l'hôpital! Il sort donc du bois et se met lentement à gravir une colline. Soudain, du haut de la colline, il entrevoit une silhouette au loin. Son inquiétude le reprend. Peut-être s'agit-il d'un infirmier? Il avance prudemment en observant tous les gestes de l'individu. Mais, à mesure qu'il approche, il se rend compte que ce n'est pas un adulte, mais un garçon de son âge qui se tient là sur la route. Un drôle de garçon, d'ailleurs. Il porte une casquette, un foulard enroulé autour du cou et des lunettes sur le bout du nez. À la main, il tient un étui à violoncelle. Pour l'instant, il est arrêté à un embranchement et ne semble pas savoir quelle direction prendre.

Pierre s'approche de lui et ouvre la bouche pour le saluer, mais l'autre se contente de le regarder en silence, puis il lui tourne le dos.

— Eh! depuis combien de temps tu attends ici?

Aucune réponse. Juste à ce moment-là, une voiture arrive sur la route, et le garçon se met à faire de grands signes pour l'arrêter, mais sans succès. Il regarde sa montre, reprend son étui et s'éloigne sur la route sans prêter la moindre attention à Pierre.

— Eh! attends un peu! crie Pierre qui commence à se sentir plutôt insulté.

Il se met à courir, devance le garçon et se plante devant lui au beau milieu de la route.

— T'es sourd, ou quoi?

Le jeune musicien regarde Pierre droit dans les yeux et laisse tomber d'un ton ferme:

— Écoute, mon garçon, je n'ai pas de temps à perdre, moi. Aussi, je te serais reconnaissant de bien vouloir me laisser continuer mon chemin.

Pierre n'en croit pas ses oreilles. Il est tellement éberlué qu'il ne réagit pas lorsque le garçon le contourne et poursuit tranquillement son chemin. Il met quelques secondes à reprendre ses sens.

— Je ne suis pas «ton garçon», et tu peux aller te faire voir, crie Pierre au garçon qui continue sa route sans broncher.

Pierre reste immobile, planté au beau milieu de la route.

— Il est fou, celui-là! Il se prend pour une vedette, ou quoi?

Pendant un long moment, il regarde le garçon s'éloigner, en se demandant vaguement ce qu'il devrait faire. Rentrer à la maison? C'est peut-être la meilleure solution, mais les gens de l'hôpital ont sûrement prévenu ses parents et peut-être même qu'ils l'attendent là... Ça alors, non, jamais!

Pierre reprend lentement sa marche sans trop savoir où il va. Chose certaine, la faim commence à le tenailler. Il avance encore un moment et, tout à coup, il aperçoit un petit restaurant au bord de la route. En plein ce dont il a besoin. Et puis, un arrêt lui permettra de réfléchir à ce qu'il va faire. Il entre discrètement et cherche un coin tranquille. Par chance, personne n'est dans la place. Il s'installe au bout du comptoir et commande un hamburger et un coca-cola. Mais, soudain, Pierre sursaute: un objet d'allure louche vient d'attirer son attention. Tout au fond du restaurant, un bout d'étui à violoncelle dépasse d'une banquette.

— C'est pas vrai, marmonne Pierre, pas encore ce musicien manqué!

Le propriétaire du restaurant lui apporte son hamburger. Pierre meurt de faim. Il concentre donc toute son attention à croquer à belles dents dans le petit pain tout chaud. Devant lui, le propriétaire s'affaire à nettoyer son comptoir tout en écoutant la radio d'une oreille distraite. Soudain, en même temps que le propriétaire, Pierre dresse l'oreille. À la radio, on annonce un bulletin spécial.

— Attention! La police est à la recherche d'un jeune garçon de 12 ans qui s'est échappé, ce matin, de l'hôpital. Ce jeune garçon possède des pouvoirs psychiques étonnants et peut représenter un danger pour toute la population...

Pierre a cessé de manger. Son cœur cogne dans sa poitrine. Il n'ose pas lever les yeux vers le propriétaire, qui, lui aussi, a cessé de nettoyer son comptoir. L'annonceur poursuit:

— Le garçon mesure un mètre vingt, il a les yeux bleus et les cheveux roux. La dernière fois qu'on l'a vu, il portait des jeans et un blouson vert foncé...

Pierre lève les yeux. Derrière son comptoir, le propriétaire le dévisage, la bouche ouverte! Pierre crie:

— S'il vous plaît, monsieur, restez où vous êtes, et je ne vous ferai aucun mal... Je vous en prie, restez là, n'approchez pas!

Mais l'homme, en se déplaçant lentement vers la porte, lui bloque la sortie. Pierre sent la panique l'envahir. L'homme avance la main vers le téléphone. Il va appeler la police! Soudain, le musicien bondit de la banquette, son étui à la main! Il le braque dans le dos du propriétaire en criant:

— Ne bougez plus! Laissez tomber le téléphone! Si vous faites le moindre geste, je vous transforme en bœuf bourguignon!

Aussi surpris que le propriétaire, Pierre reste là, complètement paralysé. Le musicien crie:

— Eh! Carotte! Dépêche-toi, sors d'ici. Qu'est-ce que t'attends?

L'homme s'est retourné pour jeter un coup d'œil à son agresseur. Le musicien lui pique un coup d'étui dans les reins et crie:

— Penchez-vous! Tête sur le comptoir, et ne bougez plus si vous ne voulez pas y goûter.

Tout en tenant l'homme au bout de son étui, le musicien s'est faufilé vers la porte. Pierre n'a pas attendu qu'on lui répète la chose deux fois. Il est déjà dehors et, comme un fou, il court droit devant lui.

— Eh! mais attends-moi! Attends! crie le musicien qui court derrière lui à bout de souffle.

Pierre ralentit à peine avant de répondre.

— Désolé, j'ai pas le temps de te parler. Je suis trop pressé! Déguerpis!

— Tu iras pas loin sans mon aide, répond calmement le garçon.

Pierre est encore furieux contre le musicien, même si celui-ci vient de l'aider à s'échapper. Par ailleurs, il est bien obligé de ralentir parce que, lui aussi, il est complètement à bout de souffle. Le musicien le rejoint, et les deux garçons poursuivent leur route en silence pendant quelque temps. Finalement, Pierre demande d'un ton bourru:

— T'as vraiment un fusil, là-dedans?

Le musicien hausse les épaules.

— T'es fou, Carotte? Je suis un musicien, pas un gangster!

Pierre se fâche tout rouge:

— Cesse de m'appeler Carotte, j'aime pas ça.

Le musicien sourit:

— Eh! t'énerve pas, Carotte, on est pareils tous les deux. On a des pouvoirs spéciaux et on devrait faire équipe, tu penses pas? Moi, c'est Alexandre.

Ce disant, il tend la main à Pierre, qui ne peut s'empêcher de sourire.

— Et moi, c'est Pierre.

Perdus dans leurs pensées, les deux garçons continuent à marcher en silence. Soudain, Alexandre montre du doigt une cabane qui semble abandonnée à l'orée du bois.

— Tiens, regarde, on pourrait aller s'abriter là pour laisser passer l'orage... Le gars du restaurant a sûrement alerté les policiers, qui doivent te chercher. Attends ici, je vais voir.

Alexandre s'avance seul vers la cabane. Il pousse la porte du pied. Elle s'ouvre d'un coup. Il entre, jette un coup d'œil autour de lui et ressort aussitôt.

— Tu peux venir. Il n'y a personne.

Les deux garçons s'installent le plus confortablement possible sur un vieux sofa défoncé. Alexandre a bien compris que son nouvel ami a des dons très particuliers, mais il ne sait toujours pas lesquels, et ça l'intrigue au plus haut point. Il décide d'en apprendre davantage. Il va justement ouvrir la bouche pour interroger Pierre lorsqu'un bruit suspect attire l'attention des garçons, qui se précipitent à la fenêtre. Une voiture de police! En vitesse, les deux amis barricadent la porte et se cachent dans un petit coin discret. Ils entendent les policiers qui descendent de voiture.

— Tu crois qu'il pourrait être là-dedans? demande l'un d'eux.

— Faut voir, on ne sait jamais, dit son collègue.

— Bon d'accord, regarde à l'intérieur...

Les deux garçons entendent le policier qui secoue violemment la porte. Ils cessent de respirer.

— Impossible d'ouvrir. C'est fermé de l'intérieur... et, d'ailleurs, ça a l'air complètement vide.

— Bon, laisse tomber!

Les policiers s'éloignent. Un peu de couleur réapparaît aux joues de Pierre. Alexandre le regarde avec curiosité.

— Dis donc, pourquoi ils sont à tes trousses?

Pierre ne sait vraiment pas comment expliquer sa fabuleuse histoire à son ami. Il décide plutôt de lui faire une démonstration. La pièce est pleine de vieilleries. Pierre en fait le tour et trouve ce qu'il cherche. Il prend une vieille chaise qu'il pose au milieu de la pièce.

— Tu vois cette chaise? Je vais la mettre près du mur.

Alexandre s'installe sur le sofa pendant que Pierre recule de quelques pas. Il se met aussitôt à fixer intensément la chaise, qui s'élève dans les airs et va s'écraser sur le mur comme un boulet de canon, à un mètre d'Alexandre. Abasourdi, le garçon saute sur ses pieds.

— Ouf, mon vieux! C'est vrai que t'es dangereux!

— Désolé. Tu vois, je peux faire des choses, mais j'arrive pas à contrôler mon pouvoir.

— Approche pas de moi, crie Alexandre, les yeux ronds comme des billes.

— J'y peux rien, explique Pierre, mais, tu comprends, j'en ai assez. Tout ce que je veux, c'est rentrer chez moi.

Pierre se laisse tomber par terre, déprimé, au bord des larmes. Revenu de sa surprise, Alexandre se relève, brosse un peu la poussière qui couvre ses vêtements et vient s'asseoir près de son ami.

— Allons donc, tu sais bien que c'est pas possible. En moins de deux, les policiers te ramèneraient à l'hôpital.

— Mais qu'est-ce que je peux faire? rétorque Pierre, découragé. Je peux quand même pas passer ma vie à me sauver!

Alexandre réfléchit un moment. Il hoche la tête:

— Non, évidemment. Mais un don, ça se développe. Ce qu'il faut, c'est que tu prouves aux gens que tu n'es pas dangereux... Tu répètes combien d'heures par jour?

— Je quoi? demande Pierre, éberlué.

— Mais oui, répéter! Moi, je répète mon violoncelle de six à huit heures par jour. Un talent, ça se développe! Le secret, c'est le contact avec son instrument. Il faut toujours viser la perfection. Tiens, regarde un peu, essaie avec ça.

Alexandre a posé une bouteille au centre d'une vieille table branlante. Avec son index, il trace un cercle dans la poussière, juste au bord de la table.

— Place-toi ici.

— Et qu'est-ce que je fais?

— C'est simple, tu vas déplacer la bouteille de là à ici, explique Alexandre en retraçant le cercle avec son doigt. Vas-y, respire profondément, concentre-toi.

Pierre exécute exactement ce que le jeune musicien lui a commandé. Il se met à fixer la bouteille, qui, doucement, lentement, glisse vers le cercle. Puis, tout à coup, elle accélère. Alexandre attrape la bouteille juste au moment où elle va s'écraser sur le sol.

— Qu'est-ce qui t'arrive? Je t'ai dit de faire attention!

Découragé, Pierre hausse les épaules:

— Tu vois bien. Je peux pas.

Alexandre replace la bouteille au centre de la table et reprend d'une voix impatiente:

— Je peux pas... je peux pas... Y a rien qui m'insulte plus que quelqu'un qui dit «Je peux pas»! Vas-y, recommence. Recule un peu et prends une grande respiration. Concentre-toi!

Pierre se remet en position pendant qu'Alexandre lui murmure ses instructions comme un grand chef d'orchestre dirige avec son bâton.

— Vas-y!... Moderato!... Tu vois bien? Tu es capable, dit Alexandre pendant que Pierre fait doucement avancer la bouteille qui s'immobilise sur le cercle de poussière.

— Bravo! crie Alexandre, et ce sera encore mieux la prochaine fois.

Le visage de Pierre s'éclaire d'un large sourire.

— Tu crois? demande-t-il, osant à peine y croire lui-même.

— Absolument, affirme son ami d'un ton assuré.

Soudain, Alexandre jette un coup d'œil à sa montre et pâlit légèrement.

— Qu'est-ce qui t'arrive? demande Pierre.

— Je vais être en retard, dit Alexandre en attrapant son étui à violoncelle. Je vais signer un contrat avec l'orchestre philharmonique... Attends-moi ici, je reviens dans quelques heures. En attendant, continue de t'exercer.

Alexandre est frénétique et il s'impatiente lorsque Pierre l'attrape par le bras en disant:

— Je vais avec toi.

Ça, c'est le bouquet!

— Oh non! Pas question! Je ne veux pas avoir la police à mes trousses.

Mais Pierre n'a pas du tout envie de rester seul dans la cabane.

— C'est toi qui disais que les hommes de génie doivent s'entraider?

Alexandre s'arrête net. Il regarde Pierre un instant, puis, sans dire un mot, il s'engage en courant dans le petit escalier qui mène au grenier de la cabane. Il redescend quelques instants plus tard, les bras chargés de vêtements.

— J'ai trouvé tout ce qu'il faut. Enfile ça!

— Quoi? Tu es fou, il est pas question que je m'habille avec ces vieilles nippes de fille.

— C'est à prendre ou à laisser, mon vieux, rétorque Alexandre.

Résigné, Pierre endosse le vieux manteau, se couvre la tête avec la perruque, qu'il cache le mieux possible sous le châle.

Se retenant de rire à grand-peine, Alexandre lui tend un sac à main.

— Je crois que tu as oublié ceci, dit-il.

— Oh non! je refuse de porter ça en plus, dit Pierre avec indignation.

Alexandre s'éloigne déjà. Pierre n'a pas le choix. Il attrape le sac, qu'il cache tant bien que mal sous son manteau.

Alexandre s'esclaffe:

— On peut pas dire que tu sois exactement une beauté, ma chérie, mais, au moins, y a personne qui te reconnaîtra!

La mine basse, Pierre suit Alexandre, et les deux garçons se dirigent vers la ville. Leur petit voyage se passe sans incident, sauf au moment où, apercevant un hélicoptère qui les survole, les deux garçons courent s'abriter dans le bois. Mais ils comprennent rapidement qu'il ne peut s'agir d'un hélicoptère de la police, il est beaucoup trop gros… Ils ont raison. C'est l'un des hélicoptères de l'armée en route vers le lieu de l'accident.

Chapitre 15

Pendant ce temps, chez les parents de Pierre, on s'inquiète. L'hôpital les a avertis de la fuite de leur fils et M. et Mme Laroche sont dans tous leurs états. Au téléphone, le directeur de police leur demande s'ils ont eu des nouvelles de Pierre. Avec un peu d'impatience, M. Laroche lui répond:

— Mais non, je ne sais pas où il est, monsieur le directeur. C'est à vous de le retrouver, non? C'est votre travail... Euh... oui, oui, je vous appellerai dès qu'il sera là... s'il vient.

Mme Laroche, qui attend avec angoisse la fin de la conversation, s'écrie:

— Toujours rien? Mais c'est ridicule. Il pourrait au moins donner de ses nouvelles!

Donner de ses nouvelles? S'ils voyaient leur fils à ce moment-là, les parents de Pierre ne le reconnaîtraient même pas! Les deux garçons arrivent à la salle de concert. Alexandre, énervé, ordonne à son ami:

— Attends-moi là.

Il désigne à Pierre un banc de bois à l'extérieur de l'immeuble et il part en courant avant même que Pierre ait eu le temps de lui souhaiter bonne chance. Il faut dire qu'il y a de quoi être énervé! Ce n'est pas tous les jours qu'un garçon de 12 ans va signer un contrat avec un orchestre philharmonique! Pierre s'installe donc patiemment sur le banc.

À l'intérieur, son violoncelle sous le bras, Alexandre s'est aussitôt dirigé vers le bureau du directeur. Il frappe poliment, enlève sa casquette et ouvre la porte. C'est la secrétaire qui le reçoit, enfin presque. Elle ne lève même pas les yeux. Alexandre toussote:

— Euh! bonsoir mademoiselle. J'ai rendez-vous avec le directeur.

— Oui, oui, mon petit, répond la secrétaire, les yeux toujours rivés sur ses papiers.

— J'ai téléphoné il y a deux semaines. Le directeur a dit qu'il me recevrait.

— Euh... hum.

— Il a dit qu'il me ferait passer une audition.

La secrétaire lève enfin les yeux, mais c'est pour regarder sa montre.

— Malheureusement, il est très occupé aujourd'hui, et d'ailleurs... on n'engage pas les enfants.

— Je ne suis pas un enfant, crie Alexandre, dépité et retenant à peine ses larmes. Laissez-moi entrer!

— Écoute, mon petit, tu me déranges. Si tu veux absolument lui parler, reviens une autre fois.

Totalement déprimé, Alexandre s'aperçoit bien qu'il n'arrivera jamais à fléchir cette femme. Après tant d'efforts, voilà qu'il ne peut même pas voir le directeur! Cette fois, il ne peut retenir ses larmes, et sa colère monte. Il crie:

— Très bien, je pars. Mais vous le regretterez... Je signerai mon contrat avec un autre orchestre philharmonique!

Et j'espère que le directeur va vous congédier!

Alexandre ramasse son violoncelle et sort lentement, la tête basse. Aussitôt, Pierre vient à sa rencontre.

— Et alors? demande-t-il, plein d'enthousiasme.

— Ben, alors, rien, répond Alexandre sans lever la tête.

— Comment rien? Qu'est-ce qu'il a dit, le directeur? insiste Pierre.

— Ben, rien puisque je l'ai pas vu... Et elle qui n'arrêtait pas de dire «mon petit», marmonne Alexandre.

Le pauvre Pierre ne sait pas comment consoler son ami. Il cherche les mots pour l'encourager.

— Écoute, il faut pas t'en faire, c'est parce que... ils sont effrayés... parce que tu as du génie, voilà!

— Ouais, dit Alexandre, la mine basse... un génie qu'ils ne veulent même pas entendre.

Pierre prend un ton décidé.

— Il faut pas que tu laisses tomber. Essaie de nouveau... Parles-en à tes parents, demande-leur de t'aider.

— Pas facile, dit Alexandre, mes parents sont morts dans un accident il y a bien des années. J'habite avec ma tante... C'est la vie!

— Parents ou pas, réplique Pierre avec conviction, tu dois essayer de nouveau.

Alexandre hausse les épaules:

— Mais non, c'est pas la peine, je retourne chez moi. Et, d'ailleurs, tu sais, l'important c'est de travailler, de pas cesser de t'exercer.

Alexandre se met à marcher lentement en sifflotant un air de Beethoven. Pierre reste un moment sur place, ridicule dans son accoutrement de bonne femme, puis il s'avise soudain de sa situation:

— Et moi, alors? Qu'est-ce que je vais faire? Je peux aller avec toi?

— Mais non, voyons!... Je vais te dire la vérité. C'est pas vrai que j'ai du génie. J'ai vu plein d'autres orchestres philharmoniques. Il n'y en a pas un qui soit intéressé à un faiseur de bruit comme moi. J'ai pas du tout de génie, je te dis!

— C'est faux, s'écrie Pierre. Je suis sûr que tu as du génie. Viens, restons pas ici. C'est plein d'orchestres philharmoniques, t'en trouveras un autre, je le sais.

Alexandre fait la moue et poursuit son chemin avec Pierre à ses trousses qui insiste:

— Tu vois ça? Deux mille personnes qui sont réunies dans une salle pour t'entendre! Tu entres en scène, la foule applaudit, tu avances lentement vers l'orchestre...

Entraîné par l'enthousiasme de Pierre, Alexandre continue:

—... les musiciens cessent d'accorder leurs instruments... le chef d'orchestre leur indique qu'ils doivent m'accompagner, puis il me fait signe de m'asseoir.

Soudain, Alexandre cesse de parler. Une voiture de police arrive en trombe, précédée d'un vibrant bruit de sirène. Pierre reste pétrifié.

— Ils te cherchent, s'exclame Alexandre en attrapant Pierre par la main. Vite, il faut partir d'ici, mais où aller?

Pierre réfléchit un instant. Il ne peut pas rentrer chez lui, ça, c'est certain. Les policiers sont sûrement là à l'attendre. Il fait quelques pas, empêtré dans ses vêtements de fille.

— Je le sais! Suis-moi, dit-il en entraînant Alexandre d'un pas décidé.

Les garçons marchent rapidement pendant un bon moment. Arrivé devant une cabine téléphonique, Pierre s'arrête net et tend une pièce de monnaie et un bout de papier à son ami.

— Tiens, dit-il en lui expliquant ce qu'il faut dire, appelle là.

Docile, Alexandre compose le numéro.

— Allô, j'appelle de la part d'un ami... Pierre... Oui, c'est ça. C'est très important qu'il vous voie ce soir. Pouvez-vous le recevoir?... Bien, nous serons là d'ici une heure.

Alexandre raccroche en demandant qui peut bien être cette fille au bout du fil.

— Oh! une amie! se contente de répondre Pierre.

Un peu plus tard, Pierre et Alexandre arrivent à la maison de Margot. Pendant que Pierre attend, dissimulé au bas de l'escalier, Alexandre s'apprête à monter sonner à la porte, mais, oh malheur!, juste à ce moment-là, les parents de Margot sortent de la maison. Les garçons entendent même sa mère dire:

— Nous serons de retour vers minuit, ma chérie. Appelle chez Diane si tu as besoin de quoi que ce soit...

— Oui, oui, maman, bonne soirée.

Trop tard pour filer, les garçons sont pris! Alexandre hésite à peine une seconde. Il saisit Pierre dans ses bras et le serre tendrement sur son cœur... dos aux parents de Margot, mais directement sous leur nez!

Surprise, la mère de Margot s'exclame:

— Qu'est-ce que vous faites là? Vous n'avez pas honte?

Malgré la frousse qu'il vient d'avoir, Alexandre est tout fier que son truc ait réussi. Il pousse même sa petite victoire jusqu'à répondre:

— Oh! madame, notre passion est sans borne! Allez, viens, ma chérie, sussure-t-il à Pierre, qui lui lance un regard courroucé.

La mère de Margot s'éloigne avec son mari en continuant de protester:

— T'as vu ça? Ils s'embrassent en pleine rue! Des enfants!

Les garçons attendent que les parents de Margot aient disparu avant de grimper l'escalier quatre à quatre. En ouvrant, Margot a peine à ne pas s'esclaffer en apercevant Pierre dans son accoutrement de fille, mais elle l'embrasse avec chaleur.

Pierre ne perd pas une seconde pour se débarrasser de son déguisement. Ouf! il respire mieux! Pendant ce temps, Margot s'affaire à préparer des sandwiches. Les garçons ne se font pas prier, ils meurent de faim. C'est seulement après avoir avalé ses sandwiches que Pierre se rend compte qu'il n'a même pas présenté Alexandre à Margot. Il s'empresse de réparer son oubli et raconte à son amie, par le menu détail, toutes les aventures qu'ils viennent de vivre ensemble. Alexandre a l'air plutôt inquiet. Est-il sage de se fier à une fille? Après avoir écouté en silence, Margot demande:

— Et maintenant, qu'allez-vous faire?

Alexandre parle pour la première fois:

— C'est simple, on va voyager, jusqu'à ce qu'on trouve la ville idéale pour y faire carrière…

— Margot, peux-tu nous aider à quitter la ville sans être reconnus? demande anxieusement Pierre.

— C'est bien beau, mais comment? dit Margot. C'est pas facile de voyager sans argent, et, d'ailleurs, c'est pas avec les vêtements que tu portais en arrivant que tu vas passer inaperçu, ajoute-t-elle en riant.

— J'ai pris les vêtements que j'ai trouvés, dit Alexandre, très offusqué.

— Ouais... je pense que je pourrais trouver mieux, insiste Margot en jetant un regard de biais à Alexandre.

— C'est ça, on a bien le temps pour un défilé de mode! marmonne Alexandre de mauvaise humeur. Moi, je le trouvais très bien comme il était!

Ennuyée par l'attitude d'Alexandre, Margot fronce les sourcils. Elle hésite une seconde, puis décide de l'ignorer. Elle se tourne vers Pierre.

— Vous pourriez toujours voyager par train, il y a tellement de monde, peut-être que vous pouvez vous faufiler sans payer. Mais, si vous êtes pris, tu seras tout de suite reconnu... Il faut trouver autre chose, je pense.

Soudain, on sonne à la porte. Paniqués, nos trois amis se transforment instantanément en statues. Alexandre réagit le premier:

— Tu attendais quelqu'un? demande-t-il à voix basse, l'air suspicieux de celui qui anticipe une trahison… surtout de la part d'une fille.

Margot fait signe que non. Elle pointe l'escalier du doigt:

— Vite, filez!

Les garçons partent en courant. Margot ouvre et pâlit aussitôt. Elle reconnaît le directeur de police, qu'elle a vu à la télévision.

— Police, dit le directeur en montrant son insigne. Tes parents sont là?

— Non, dit Margot en secouant la tête, ils sont sortis pour la soirée.

— De toute façon, ce n'est pas grave, c'est toi que je voulais voir.

Margot rougit violemment. Le directeur de police continue:

— On m'a dit que Pierre et toi étiez de grands amis. J'ai pensé que tu aurais peut-être une idée de l'endroit où je pourrais le trouver…

En dépit de son inquiétude, Margot n'hésite pas une seconde:

— Je regrette, monsieur le directeur, mais je n'ai aucune idée de l'endroit où il est.

Elle note la déception et l'air découragé du directeur, ce qui l'étonne un peu. Le directeur poursuit:

— C'est dommage... Écoute, j'aimerais bien que tu me rendes un très, très grand service... Si jamais tu avais des nouvelles de lui, promets-moi de lui dire qu'il faut absolument que je le voie...

Margot l'écoute en silence, l'air méfiant.

— ... il est arrivé un accident terrible et Pierre est la seule personne qui puisse nous aider. C'est très, très urgent. Tu connais le nord de la ville?

Margot se demande ce qu'elle doit penser de cette histoire farfelue. «Le directeur de police qui a besoin de Pierre, pense-t-elle, est-ce possible?» Elle fait oui de la tête sans répondre.

— Tu connais l'usine de produits chimiques? insiste le directeur.

— Euh! oui..., dit Margot.

— Alors, écoute, dis-lui de me rejoindre là. Et, surtout, n'oublie pas de lui dire que ce n'est pas un guet-apens pour le rattraper. Je le jure!

Le directeur sort. Margot attend que la voiture s'éloigne avant d'appeler les garçons. Pierre demeure absolument pétrifié lorsqu'il entend l'histoire de Margot. Quoi? Le directeur de police, celui-là même qui l'a kidnappé et emprisonné à l'hôpital, dit maintenant qu'il a besoin de lui? Pierre ne croit pas aux promesses du directeur. Il y a certainement un piège là-dessous.

Alexandre a écouté en silence. Il se tourne vers son ami.

— Et si c'était vrai, Pierre? Il faut qu'on décide tout de suite.

— Jamais je n'accepterai de retourner à l'hôpital, crie Pierre.

Margot aussi réfléchit. Elle est plutôt de l'avis d'Alexandre:

— C'est possible que son histoire soit vraie, Pierre. Il a promis que tu ne serais pas arrêté...

Pierre trouve qu'il a déjà assez de problèmes sans se mêler de ceux des autres. Une seule chose lui importe:

— Tout ce que je veux, c'est rentrer chez moi! Comment puis-je être sûr que ce n'est pas un guet-apens?

Ses deux amis le regardent tristement. La situation n'est pas facile. Aucun des deux ne veut l'influencer.

— Je te comprends, dit Alexandre. C'est à toi de décider.

— Peut-être que, si tu les aides, ils te laisseront retourner chez toi, ajoute Margot.

Pierre réfléchit très fort. Margot a peut-être raison. Il songe à ses parents, à ses sœurs qu'il n'a pas vus depuis si longtemps. Les larmes lui montent aux yeux. «Qui ne risque rien n'a rien», se dit-il en relevant la tête.

— D'accord, allons-y!

Le visage de Margot s'éclaire d'un large sourire. Elle est fière de son ami. Elle se lève en criant:

— Attendez-moi, je prends mon appareil-photo!

Chapitre 16

Après avoir quitté Margot, le directeur de police est retourné à l'usine, où, malheureusement, rien n'a évolué. On attend toujours l'aide des spécialistes, alors qu'une nouvelle goutte est en train de se former. Le directeur ressort et, contre tout espoir, se met à guetter l'arrivée du garçon aux pouvoirs mystérieux. Il marche de long en large, découragé. Ce qu'il ignore, c'est que Pierre est déjà là.

En effet, Pierre et ses deux amis viennent d'arriver à l'usine toujours entourée d'un cordon de militaires. Il s'approche et s'adresse poliment à l'un d'eux:

— Excusez-moi, monsieur, le directeur de police m'attend. C'est lui qui m'a demandé de venir. Il a besoin de mon aide.

Le soldat regarde à peine le garçon et répond sur un ton très agacé:

— Ce n'est pas une place pour les enfants, c'est dangereux. Éloignez-vous. Allez jouer ailleurs, tout de suite!

Surpris, Pierre recule aussitôt et revient vers ses amis qui l'attendent.

— Qu'est-ce qu'il a dit? demande Margot.

— Que je mentais, répond Pierre, découragé. Tu vois, ce n'était pas la peine de prendre un tel risque.

— Alors, qu'est-ce qu'on fait maintenant? dit Alexandre.

Margot réagit aussitôt:

— Et ton pouvoir, qu'est-ce que t'en fais?

— Ah ça, non! s'exclame Pierre. Absolument pas question. Je risquerais de blesser quelqu'un!

Margot hésite à peine une seconde:

— J'ai une idée, attendez-moi ici!

Alexandre lève les yeux au ciel. Encore une idée de fille! Il n'a décidément pas une très grande confiance en Margot. Il la voit se diriger en courant vers une cabine téléphonique. «Qu'est-ce qu'elle fabrique là? pense-t-il. Elle va alerter tout le monde. Comme si on n'avait pas assez de problèmes!»

— Tu fais confiance à une fille, toi? demande-t-il à Pierre. Moi, je dis qu'on devrait s'en aller d'ici tout de suite... avant qu'il ne soit trop tard.

Mais Pierre, avant même de pouvoir réagir, sent un attroupement derrière lui, et quelqu'un lui touche l'épaule. Effrayé par les prédictions d'Alexandre, il se retourne brusquement. Surprise! il se retrouve nez à nez avec Marc, le beau parleur! Il commence déjà à en vouloir à Margot, lorsqu'il s'aperçoit que toute l'équipe de hockey est là, en costumes et... patins à roulettes! Le plan semble déjà bien défini. Les joueurs forment un demi-cercle et s'apprêtent à se ruer à l'attaque. Pierre lève les yeux et aperçoit Margot. Il ne peut s'empêcher de lui lancer un sourire admirateur. Déjà, Marc s'avance avec son groupe et disperse la foule de curieux qui ont à peine le temps de reculer pour ne pas être bousculés. Par contre, les soldats, eux, n'ont rien vu, et c'est précisément l'idée de Marc. La troupe de patineurs se lance à l'assaut des soldats et leur tombe dans les jambes avant qu'ils aient le temps de réagir. La brèche est ouverte! Pendant que les soldats courent en tous sens pour rattraper les patineurs, Pierre et Alexandre profitent de la confusion générale et se dirigent à toutes jambes vers l'entrée de l'usine. Un soldat repère Pierre:

— Eh! arrête!

Il va lui mettre la main au collet, mais Alexandre lui fonce dans l'estomac, et le soldat perd pied.

— Monsieur le directeur! Monsieur le directeur! crie Pierre de toutes ses forces. Alexandre se met à crier avec lui.

Appuyé contre le mur de l'usine, le directeur regarde anxieusement sa montre. Il lève la tête lorsqu'il entend qu'on l'appelle. Oh miracle!, il reconnaît la voix du garçon! Il court aussitôt vers Pierre et entraîne les deux garçons à sa suite dans l'usine. Ils traversent ensemble une grande salle de montage puis une autre et arrivent enfin au lieu de l'accident.

Un groupe de personnes est en train d'examiner la situation avec le colonel. Ce dernier se retourne en entendant des pas derrière lui. Ses yeux s'écarquillent à la vuc des deux garçons. Il apostrophe le directeur:

— Sortez-moi ces enfants-là d'ici! Vous êtes fou, non?

Mais le directeur ne prend même pas le temps d'arrêter. Il bouscule le colonel en passant.

— Ce garçon va nous aider, dit-il brusquement.

Le colonel ouvre de grands yeux hébétés. Décidément, rien ne va plus. Même le directeur est devenu fou. Il marmonne:

— Nous aider? Impossible! Complètement stupide!

Le directeur s'est arrêté avec les deux garçons sur la scène du drame. Le colonel arrive derrière eux.

— Je pense que c'est possible, répond doucement le directeur. Viens avec moi, Pierrot. Toi, reste là, ajoute-t-il en direction d'Alexandre.

Alexandre ne l'entend pas de cette oreille.

— Mais, monsieur le directeur, c'est moi qui suis son entraîneur!

— Absolument, insiste Pierre, il doit rester avec moi.

Ce n'est pas le moment d'argumenter avec les garçons! Le directeur explique à Pierre ce qu'il doit faire. L'arme dangereuse est perchée en équilibre précaire sur un amas d'échafaudages tout près du plafond de l'usine. À travers la minuscule fissure, la goutte grossit peu à peu.

— Tu vois cette goutte, Pierre? Il faut la faire rentrer avant qu'elle ne se détache. Ensuite, il faut faire descendre le contenant en douceur. Tu peux essayer?

Les deux amis ont suivi les explications du directeur avec la plus grande attention. Pierre a très bien compris le danger. Il répond au directeur:

— Oui, je veux bien essayer.

Pierre recule de quelques pas et se met à fixer la goutte intensément. La sueur perle à son front. Les secondes passent, qui paraissent des heures au directeur. La goutte bouge légèrement, remonte d'un cheveu... puis redescend! Tout le monde pousse une exclamation de frayeur. Pierre respire profondément puis recommence. La goutte, de nouveau, se met à remonter, remonter... et disparaît à l'intérieur du contenant.

Tout le monde pousse un immense soupir de soulagement.

— Bravo, Pierre, murmure le directeur. Et maintenant, il faut faire descendre le contenant.

Pierre fait un bref signe de tête. Il ferme les yeux, se concentre quelques secondes, puis recommence à fixer l'objet. Son visage est tendu, ses yeux brillent. Il fixe... fixe... rien! Le contenant refuse de bouger. Alexandre n'a pas quitté son ami des yeux. Soudain, il s'interpose:

— Reculez-vous, dit-il aux autres. Pierre a besoin d'espace. Allez, Pierre, vas-y, concentre-toi!

Pierre force, force. La sueur lui embue les yeux. Au bout d'un moment, il a un geste de découragement et laisse tomber les bras en criant:

— Je ne peux pas... c'est trop loin, ça ne marche pas. Je m'excuse, monsieur le directeur, je n'y arrive pas!

— Mais attends, voyons, il faut que tu essaies encore, insiste Alexandre.

Jusqu'à ce moment, le colonel s'est bien gardé de dire un mot, mais il profite de l'insuccès de Pierre pour engueuler le directeur:

— Voulez-vous bien me dire pourquoi vous avez traîné ces deux garçons-là ici?

Penaud, le directeur murmure:

— Je pensais qu'il pourrait réussir...

Alexandre s'interpose:

— Colonel, êtes-vous sûr que la bombe va détruire des maisons, des parcs... même l'orchestre philharmonique?

— Oui, sûr! répond impatiemment le colonel.

— Attendez une minute, crie Alexandre en s'élançant à la course vers l'échafaudage branlant. Il grimpe comme un singe avant même que quiconque ait pu réagir.

— Eh! toi, reviens ici! crie le colonel, effrayé. Je t'ordonne de redescendre, tu m'entends?

Pierre est devenu blanc comme un fantôme. Il voit son ami, agrippé aux tuyaux de métal, qui s'avance vers la bombe. Il s'évanouit presque lorsque Alexandre perd l'équilibre et passe à un cheveu de dégringoler. Trop terrifié pour être furieux, le colonel crie:

— Attention, agrippe-toi!

Mais c'est déjà fait. Alexandre a repris son équilibre et il sourit.

— Ça va, ça va maintenant, annonce-t-il en jetant un coup d'œil en bas, vers son ami. Tu peux monter, Pierre, j'ai trouvé l'endroit idéal.

Le cœur du pauvre Pierre s'arrête de battre. Si son ami a assez de courage pour monter là-haut, comment peut-il l'abandonner? Il se dirige avec le directeur vers un escalier de métal. Il monte lentement, hésite, mais Alexandre ne le quitte pas des yeux. Le directeur regrette d'avoir entraîné les garçons dans cette terrible histoire. Mais, maintenant, il ne peut plus intervenir. Il suit Pierre dans l'escalier. Il lui indique la petite plate-forme. Pierre comprend. Il s'allonge lentement à plat ventre sur la plate-forme pour s'approcher le plus possible du contenant. Le directeur de police le retient par les pieds. Toujours à son poste, Alexandre le dirige d'une main, comme un chef d'orchestre dirige ses musiciens.

— Lentement, murmure le directeur.

— Vas-y doucement... doucement, l'encourage Alexandre.

Pierre se concentre. Un immense silence plane dans l'usine. Puis lentement, l'arme bouge... d'un centimètre, reprend sa place, et la gouttelette se reforme.

— Attention, dit Alexandre,... doucement! Concentre tes efforts sur la goutte... seulement la goutte!

Pierre soupire. Tout est à recommencer. Il a un geste de découragement, mais Alexandre murmure:

— Vas-y, Pierre, seulement la goutte!

Et Pierre s'y remet. Comme par miracle, la goutte lui obéit, plus facilement que la première fois. En quelques secondes, Pierre a réussi, la goutte a de nouveau disparu. Personne n'a bougé. Seul Alexandre a laissé échapper un petit «bravo». Quelques secondes s'écoulent en silence comme si chacun refaisait ses forces.

— Bon, vas-y avec le contenant maintenant, dit Alexandre. Moderato!

Pierre prend une grande respiration. De nouveau, ses muscles se tendent, ses yeux se fixent sur l'objet.

— Redresse-le, dit Alexandre,... doucement!

L'arme se redresse, puis commence sa descente. Tout le monde retient son souffle.

— Tout droit, tout droit, dit Alexandre, aussi concentré que son ami.

Le directeur retient toujours Pierre par les pieds. L'espoir commence à se lire sur son visage. L'arme descend, descend, descend... puis se pose enfin sur le sol, sans exploser!

Aussitôt, le directeur tire Pierre par les pieds pendant que le colonel court à la rescousse d'Alexandre, en criant:

— C'est invraisemblable!

Le directeur a tiré Pierre de la plate-forme et va le remettre sur pied, mais c'est dans ses bras qu'il l'attrape. Pierre s'est évanoui!

Alexandre accourt:

— Pierrot, Pierrot!... Tu as réussi! Mais qu'est-ce qui t'arrive? Réponds-moi, voyons. Tu m'entends? Tu as réussi! Tu es un génie!

Toujours dans les bras du directeur, Pierre ouvre à peine un œil, trop faible pour lever la tête:

— Tu crois? dit-il d'une voix ténue.

Chapitre 17

Le bruit de ce qui se passait à l'intérieur de l'usine a couru comme une traînée de poudre. Accourus aussitôt, M. et Mme Laroche attendent Pierre avec anxiété. Mais ils ne sont pas seuls! Toute une traînée de journalistes l'attendent aussi. Les appareils-photos l'aveuglent, et les questions fusent de toutes parts. Les parents de Pierre ont bien du mal à le tirer de là. Mais Pierre sourit. Enfin, il peut rentrer chez lui!

Entouré de tout ce monde, le garçon a perdu Alexandre de vue. Inquiet, il se retourne et le cherche des yeux. Il l'aperçoit enfin, court vers lui et l'entraîne vers ses parents:

Toute une traînée de journalistes l'attendent aussi.

— Papa, maman, voici Alexandre. Vous allez l'adorer. C'est un génie!

Les parents de Pierre serrent la main d'Alexandre avec chaleur. Les deux garçons sourient. Déjà, Pierre a sa petite idée en tête. Un service en attire un autre.

* * * * *

Quelques jours plus tard, nos deux amis, accompagnés de M. Laroche, sont dans la salle d'attente de l'orchestre philharmonique. Ils se tortillent impatiemment sur leurs chaises. Alexandre n'a pas du tout l'air sûr de lui. C'est Pierre qui, à son tour, l'encourage du regard.

On vient enfin chercher M. Laroche, qui s'éloigne, laissant seuls les deux garçons. Il va parler au directeur, le persuader d'engager Alexandre dans son orchestre!

Alexandre ne tient plus en place. Il se lève, marche de long en large comme un ours en cage. Que les minutes semblent longues! Des heures! C'est Alexandre, maintenant, qui sue à grosses gouttes pendant que son ami l'encourage, sûr de lui:

— Assieds-toi, voyons. Ça va marcher, tu verras.

Alexandre se rassied. Il n'en croit pas un mot, même si, tout au fond de son cœur, un petit espoir persiste. Les deux garçons se lèvent d'un bond lorsqu'ils aperçoivent M. Laroche qui réapparaît au fond du couloir. Dès qu'il voit son expression, Alexandre comprend que les nouvelles ne sont pas bonnes. Il baisse la tête avant même que M. Laroche prononce une parole. Le pauvre homme essaie tant bien que mal d'atténuer le choc:

— Alexandre, le directeur pense que tu devrais d'abord t'inscrire au conservatoire. Il dit que, là-bas, les professeurs vont t'écouter et te faire passer un examen... Il dit aussi que l'orchestre emploie seulement des musiciens professionnels, pas des amateurs... Je suis désolé, mon garçon.

Malgré lui, Alexandre sent les larmes lui monter aux yeux. Il répond à mi-voix:

— Oui, oui, je comprends, c'est logique. Merci quand même d'avoir essayé.

M. Laroche met sa main sur l'épaule d'Alexandre et l'entraîne vers la sortie. Ni l'un ni l'autre ne remarquent que Pierre n'a pas bougé. Ils sursautent lorsqu'ils l'entendent crier:

— Attendez! C'est moi qui vais y aller!

Une lueur d'inquiétude passe sur le visage du père. Alexandre comprend aussitôt. Non, il ne faut surtout pas que son ami se plonge encore dans le pétrin! Il s'écrie:

— Non, Pierre, laisse tomber! J'irai voir ailleurs. T'en fais pas, il y a plein d'autres orchestres. C'est pas grave!

Mais Pierre a son air déterminé des grands jours. Son ton est sans réplique:

— Attends-moi ici! J'y vais!

La panique s'inscrit aussitôt sur le visage de son père.

— Non, Pierrot, surtout pas ça!

Pierre le regarde un instant, le visage buté. Il s'éloigne rapidement sans dire un mot.

— Non, Pierre. Reviens! crie de nouveau son père.

Il part en courant derrière Pierre, Alexandre à ses trousses. Pierre est déjà entré dans le bureau de la secrétaire et, sans s'arrêter une seconde, fonce directement vers le bureau du directeur. La secrétaire le regarde passer, abasourdie. Elle sort soudain de sa stupeur:

— Eh! toi, où est-ce que tu vas?

— Ici! se contente de répondre Pierre en poussant la porte du bureau du directeur.

Et quel directeur! Un gros bonhomme, rond de partout, de la tête aux pieds. Il écarquille de grands yeux exorbités. Il met même quelques secondes à reprendre son souffle après l'intrusion de Pierre.

— Mais, dis donc, qu'est-ce que tu fais ici? Sors de mon bureau tout de suite!

Sans sourciller, Pierre le regarde droit dans les yeux:

— Non!

— Quoi? s'exclame le gros directeur en restant la bouche ouverte.

— Vous avez bien compris, j'ai dit non!... Il paraît que vous refusez d'engager un brillant musicien, un génie même, et seulement parce qu'il est jeune?

Pierre ne lui laisse même pas le temps de répondre. Il se met à fixer le beau buste de Beethoven sur le bureau du directeur. Que pensez-vous qu'il va arriver?

Exactement ce que la secrétaire entendit derrière la porte. Un grand bruit de vaisselle cassée!

Eh oui! Pierre a décidé qu'une démonstration valait mille mots. Le directeur ne croit pas qu'un jeune garçon puisse avoir du génie? Qu'à cela ne tienne, il va l'instruire. En quelques secondes, Pierre réussit à prouver au gros directeur qu'il faut d'abord entendre Alexandre avant de le refuser. Ce qu'il fait aussitôt, au grand émerveillement du jeune musicien. Mais le contrat n'est pas signé, et le directeur hésite. Visiblement, il cherche un moyen de se débarrasser des deux garçons. Pierre s'en aperçoit, et, comme par hasard, des petits objets se remettent à bouger sur le bureau du directeur. Étrange, mais, comme par hasard aussi, un contrat apparaît soudainement devant Alexandre, qui le signe avec empressement. Les deux garçons se lèvent, et le directeur tend la main à Alexandre avec un large sourire... un peu jaune, il faut bien le dire.

* * * * *

Enfin, c'est le grand soir. La salle de concert est comble. Ce n'est pas tous les jours qu'un orchestre philharmonique accompagne un violoncelliste de 12 ans.

Dans les coulisses, Pierre tente d'encourager son ami qui n'est plus tout à fait aussi sûr de son génie. Surtout que le gros directeur vient d'arriver. Il sourit, et Alexandre se demande un peu pourquoi. Il ne se sent même pas rassuré lorsque le gros homme lui dit:

— Tu es très élégant, mon ami. Tu es prêt?

Ça, pour être élégant, il l'est! Complet noir et chemise blanche, il a l'allure d'un vrai maestro. Mais l'habit ne fait pas le moine, et Alexandre le sait bien.

— Prépare-toi, le concert commence bientôt, ajoute le directeur.

Pierre a posé la main sur l'épaule de son ami:

— C'est vrai que tu es élégant, approuve-t-il.

Soudain, il s'aperçoit que son ami tremble un peu:

— Qu'est-ce que tu as?

— Oh! rien, balbutie Alexandre, mais tu sais, même nous, les génies, on a le trac quelquefois...

— Qu'est-ce que tu me racontes là, s'écrie Pierre. Tu rêves depuis des années de donner un concert. Attends, respire profondément... Concentre-toi... Détends-toi. C'est ça, ça passera, tu verras. Je suis sûr que tu seras parfait!

Alexandre respire un bon coup, sourit à son ami, puis s'engage résolument sur la scène. Des applaudissements chaleureux l'accueillent. Pierre file aussitôt rejoindre ses parents... et Margot dans la salle. Pour rien au monde il ne voudrait manquer les premières notes. Le chef d'orchestre lève sa baguette. Un grand silence s'installe dans la salle. Puis

Alexandre joue comme un rêve.

la musique s'élève, douce, envoûtante, superbe! Alexandre joue comme un rêve, et tout le monde retient son souffle. Pierre jubile, son ami avait raison, il est un grand violoncelliste. Il échange un rapide coup d'œil avec Margot qui sourit, elle aussi. Puis, de nouveau, le silence se fait. Personne n'ose briser la magie. Alexandre pose son instrument, se lève lentement et salue bien bas. C'est le délire. Les spectateurs, debout, applaudissent et crient «bravo». Alexandre commence à mieux respirer. Soudain, Pierre remarque, dans l'auditoire, un monsieur élégant qui porte un œillet à la boutonnière. Il a une idée de génie... Il fixe la fleur quelques secondes, et celle-ci s'envole aussitôt sur la scène, aux pieds d'Alexandre. Pierre promène lentement son regard dans la salle. Il se produit alors un phénomène extraordinaire. Les fleurs se détachent des corsages et des boutonnières et vont toutes, l'une après l'autre, se déposer aux pieds d'Alexandre. La foule reste sidérée un moment. Le visage rayonnant, Alexandre se penche, cueille le plus bel œillet rouge et le lance dans la salle à son ami Pierre. Il l'attrape, le brandit bien haut et crie: «Bravo!». Le rideau tombe derrière Alexandre, qui sourit au milieu des fleurs. La foule applaudit de plus belle les deux amis, Pierre et Alexandre.

Fin

Achevé d'imprimer au Canada
Imprimerie Gagné Ltée Louiseville